白井小姐

シライサン

乙一

徐欣怡——譯

乙一
Otsu
Ichi
作品集

08
白井小姐

contents

總導讀——曲辰

比煙火更燦爛・比永遠更遠

作為一個小說家，乙一，注定成為一則傳奇。

本名安達寬高的他，於十七歲的秀逸之年以〈夏天・煙火・我的屍體〉出道，隨即獲得諸如小野不由美、我孫子武丸、法月綸太郎、栗本薰等名家的一致好評，其作品同樣在許多票選排行榜及文學賞中占有一席之地(註)。但僅只這樣並不足以成就其傳奇地位，或許我們還是得回到乙一的小說上，才能知道他迅速成為日本新生代小說家中佼佼者的理由。

在其處女作中，講述一個九歲的女孩殺害了童年玩伴，之後與哥哥展開一連串藏匿屍體掩藏罪行的冒險。透過死去小孩的靈魂視角，賦予此篇小說前所未有的新意，更讓小說中的恐怖氣氛不止於書中兄妹倆與其他人的捉迷藏，還蔓延到書中角色與讀者之間的對決中，在成熟富節奏的文句中堆疊出

註：以下為其小說得獎紀錄：
〈夏天・煙火・我的屍體〉（1996）：第六屆「JUMP小說，非小說大獎」。
《GOTH 斷掌事件》（2002）：第三屆「本格推理小說大獎」、「本格推理小說BEST 10 2003」第五名、「這本推理小說了不起！2003」第二名、「週刊文春推理小說BEST 10 2002」第七名。
《槍與巧克力》（2006）：「這本推理小說了不起！2007」第五名。

結局那令人驚愕又滿足的奇特景象。

當大家擔心這篇極為特出的作品不過是曇花一現的同時，乙一之後的小說陸續發表了，更讓小野不由美在《夏天》一書的解說中說出「不是僥倖。那不是新手在無意識中書寫，偶然迎頭碰上的全壘打。我認為這個作者的心中確實存在著『應當如此』的理想型」這樣的讚美之詞。

之後的乙一很快席捲大眾的目光，不但在恐怖驚悚小說中展現出驚人的才華，巧妙翻攪人類黑暗心靈湧現出的真實幻境，也寫出一篇篇如讚歌般清新節制、凝視希望的青春小說。於是從此之後，就有人用「黑乙一」、「白乙一」來稱呼乙一，以區別其大相逕庭的寫作風格。

不過，將乙一的寫作路線區分為黑白兩面，似乎就會任意地將目光投射向遠方，而忽略他小說中黑白邊界模糊的部分，進而產生對作品的錯誤理解，與其任意採用二分法，不如把注意力放在小說的核心出發點——也就是「人」——之上。

乙一筆下的小說人物，往往都有很明顯的「拒社會性」，不管在青春小說或恐怖小說都一樣，每個主角與世界的關係都好像隔著張半折射的薄膜一般，往往由外往內看不出什麼異狀，角色們卻是看到扭曲、變形、不適合自己生存的世界。在這張狂世界的映襯下，半映上去的自己身影便顯得卑微而不可直視了。

這隔膜與角色之間的斷層，並不是「適應不良」或「情感障礙」就能交代過去的，該說是更為深入內在，從根柢上與世界缺乏溝通能力的痛苦。這種與社會的阻絕性，為乙一的小說找到基本調性，文字並不能說冷漠，卻呈現出一種由玻璃與鋼鐵組成的世界：冷調、壓抑，只是在玻璃中透出來的，究竟是陽光還是更深的黑暗的差別。《暗黑童話》一書的開端就是最佳的例子，作者用一種相當無所謂、不當一回事的口氣在講述整個故事，讓戰慄感跳過文字，直截了當地傳達到讀者心中，更樹立作者本身相當重要的無機風格。

乙一小說中的情感，都是間接傳遞出來，所有的愛戀、悲嗔、怨痛，都彷彿電波沒有對好焦，無法從文字內容中直接讀出來，但我們又能在動作與動作間短暫的空隙中，「感受」到近乎本質的心理狀態，只是無法「觸摸」那些情緒波動。

這種心情的描寫，似乎跟乙一本身的經歷也有關係。高中時期，他在學校是完全不會跟人講話的，像一座移動型孤島，整天從家裡漂到學校、又從學校漂回家裡。難怪他寫得出在《在黑暗中等待》中的極佳比喻：「在名為『世界』的這道菜色當中，我是一塊沒能溶化，還殘留固體形態的湯塊。」

說到底，又有誰能在「世界」這道菜中真正溶化？以乙一自己為例，他是久留米工業高等專門學校、豐橋技術科技大學生態工學系畢業，可是他的文字成熟而纖細，毫無理科類組的一板一眼；他大學時參加科幻小說研究社，卻不擅長寫架空小說；他是熱愛電影的動漫畫世代，不過小說中毫無類似的氣息；他喜歡的推理作家是森博嗣與島田莊司，卻塑造出與他們截然不同的想像世界。如果要從外部來定義些什麼，不如說乙一本身就是這樣與外部世界共存卻不相涉的人。

或許正因這種沒有溶化完全的狀態，讓乙一注視世界的眼光與一般人不同。他所寫的情節，都是每個日本人會經歷過的歲月，即使不是日本人的我們，也一定曾感受到類似的孤單、恐懼、期待與嚮往。這些人類共通的心情，在乙一的細緻描寫下，成了動人的主樂章。

在寫實的基礎之上，乙一才能展現出屬於他的幻想層面，任想像力盡情奔放，於是我們看得到超現實的狐狗狸逐步進占寫實領域，不存在的東西召喚出不存在的恐懼（〈天帝妖狐〉）；在公園中再普通不過的沙坑裡觸碰到不可能出現在那裡的人頭（〈從前，在夕陽西沉的公園裡〉）；明明同在一幢房子，父母卻深信對方死了，只有「我」見證他們的存在（〈SO-far〉）。即使是幻想，但在寫實層面處理得好，讀者輕易就相信作者，也在這種信賴基礎上，作者可輕易地翻覆讀者的心情。

在〈平面犬〉中有個極為驚悚的開頭，一時興起去刺青的少女，手腕上的小狗刺青有一天卻詭異地動了起來，驚懼之餘，人犬間卻培養出奇妙的共生感，故事一路奔騰朝不可思議的方向邁進；〈A MASKED BALL—以及廁所的香菸先生的出現與消失—〉則以極為常見的廁所塗鴉起始，製造出推理小說的氣氛，並隨著事件的發生瞬間扭轉為驚悚小說，然而，恐怖與溫馨的情緒卻也同時醞釀著。

這就是乙一，你永遠無法為他歸類，在歸類的當下他隨即變換另一種姿態。他由那名為「人」的內核找到動力，往外爆發出名為小說的煙花，每朵煙花各不相同，在轉瞬間帶給我們無窮的嘆息。

每個時代的文學都有專屬的煙火，而乙一，就是我們這個時代，最盛大的傳奇。

而傳奇，終將繼續下去。

本文作者介紹

曲辰，接觸推理小說以後，就自動分裂為三位一體的生物，作為一個讀者要求完整的故事、作為一個研究者要求更深層的咀嚼、作為一個未來的創作者要求絕對的文字宇宙。目前雖然努力整合中，但時有齟齬，希望早日尋找到一個平衡點，不使跌躓。

第一章

1

瑞紀注視著從咖啡杯冉冉上升的白煙。受熱而升高的空氣，在水蒸氣層層疊繞之下宛如輕薄的絲綢。店員剛端上來的那杯咖啡，依然熱騰騰的。

「那一天，婚禮上的賓客都像這樣拍手，紛紛朝新郎和新娘喊著『恭喜』、『要幸福喔』。」

吧檯上的隔壁座位，瑞紀的朋友加藤香奈興致高昂地說著話。她舉起雙手，啪啪啪地在胸前做出拍手的動作。她正在講述一起靈異事件。

啪啪啪。

啪啪啪。

她重現了賓客在婚禮上拍手祝賀新人的場景。

「當時，有人舉起相機將大家拍手的畫面照下來，沒想到……」

她忽然壓低聲音。

「後來看照片時，發現所有人的手都變成這樣……」

她雙手合十。纖細的十指伸得筆直，掌心相對，緊緊貼在一起。那副姿態簡直像是參加喪禮的賓客。

「現場這麼多人，掌聲此起彼落……居然就這麼巧照到所有人都合掌的瞬間。一場好好的婚禮，照片卻搞得彷彿在喪禮守夜……有夠不吉利，而且聽說沒過多久，新郎和新娘就意外身亡了。」

瑞紀腦海浮現那張被拍攝下來的照片。

新郎和新娘臉上洋溢著幸福的微笑。

環繞著兩位新人的賓客也都笑容滿面。

然而，所有人毫無例外地雙手合十。

那畫面看起來就像大家正在送兩人啟程前往另一個世界。

令人不寒而慄。但感覺不太對勁，瑞紀思考片刻，才發現原因出在哪裡。

「這件事如何？可怕嗎？」香奈詢問。

「很可怕，而且有點奇怪。」

瑞紀也做出拍手的動作。

果然沒錯。

「哪裡奇怪？」

「我想像了一下妳剛才描述的畫面，賓客拍手時，一定會有人是這樣拍的。」

掌心不是完全貼合，而是稍微轉出一個角度，左掌稍微凹陷，再用右手的指腹輕敲那個凹陷處……瑞紀想像著英國紳士聽完歌劇深受感動、優雅拍手的模樣，一面解析動作的細節。

「去神社參拜時，應該沒人會用這種方式拍手，不過在婚禮之類的祝賀場合，也會有人這樣拍吧？」

「對耶，搞不好這樣拍的人反而占大部分。」

「但妳剛剛是說按下快門的瞬間，正好所有人的掌心都對齊貼在一起，沒錯吧？就像雙手合十參拜。」

瑞紀認為，拍到所有人都雙手合十的瞬間，可能性並不為零。當然機率高低會隨著照片裡拍到多少賓客而改變，但絕非不可能的事。只不過，如果很多人是用英國紳士的方式拍手，不管何時按下快門，都不可能拍到雙手合十的姿勢，左手和右手百分之百會錯開。

「啊，原來如此。瑞紀，妳居然會注意到這種奇怪的小細節。」

香奈語帶佩服，接著又打趣似地笑了，霎時，周遭空氣彷彿染上幾分柔和的粉嫩色彩。香奈就是有這樣的本事。她渾身散發出的華美氣質，與時髦的耳環、淺粉紅色的服裝十分相襯。尤其是那雙眼睛美麗動人，瞳仁還是咖啡色的，在她的注視下，男學生肯定都會心臟怦怦直跳。

營造出開放感的大片窗戶另一側，是座雅致的小庭院，種有橄欖樹。這家咖啡廳離車站不遠，走路就能到。香奈之前說「我想拿去溫泉鄉玩時買的小禮物給妳」，約瑞紀在這家店碰面。點好餐點，香奈從包包裡掏出的小禮物，是一個掌心大小的紙包，裡面是泡澡粉。

瑞紀和香奈就讀的科系不同，很少有機會在課堂上遇見，但透過社群軟體依然大致了解對方的近況。瑞紀知道香奈剛與幾個打工同事一起去旅行回來。

「你們去那邊玩了些什麼？」

「講恐怖故事之類的。」

「恐怖故事？」

「記得是回家前一晚吧，每個人輪流講恐怖故事。」

「妳講了什麼故事？」

原來是這個緣故，香奈剛剛才會突然講起恐怖故事。

兩人享受著咖啡廳閑靜的氣氛，一面聊起最近看過的書。碰面時，瑞紀多半會扮演聆聽的角色。此刻店裡明明只有她們，每一桌都是空的，兩人卻選擇並排坐在吧檯，因為瑞紀只要跟別人對坐，就會感到十分拘束。交談之際，她也不太敢注視對方的眼睛，所以肩並肩的坐法會比較自在。在這一點上，香奈總是配合她。

聊天告一段落，兩人細細品嘗美味的咖啡。烏雲飄流過來，天空頓時多了幾分陰鬱，店內光線也稍稍變暗。突然間，香奈的臉色不太對勁。

瑞紀注意到，香奈一直盯著窗外，流露些許驚訝的神情，好似看到什麼出乎意料的景象。

「香奈？」

瑞紀喚了她一聲，順著她的視線望去，卻什麼也沒看到。咖啡廳的庭院裡，只有橄欖樹靜靜矗立著。

香奈猛然起身，走到窗邊。她挨近窗戶向外看，鼻尖幾乎貼到玻璃上。

瑞紀從座位探出身，觀察著香奈的舉動，發現她的眼睛睜得老大。

「怎麼了？」

瑞紀關切地問，香奈才終於有了反應。

她瞥一眼瑞紀，目光旋即轉回窗外。

「那裡……」

香奈倒抽一口氣，臉上浮現恐懼的神色，不住後退。沒退幾步，香奈就絆到自己的腳，摔倒在地板上。

瑞紀離開座位，奔到香奈身旁。

「香奈，妳不要緊吧？」

香奈跌坐著，雙腳伸向窗戶，連瑞紀伸手搭上她的肩膀時，她的雙眼都牢牢盯著窗外。

男店員從吧檯後方探頭查看情況。

「請問……發生什麼事了嗎？」

瑞紀正要開口回答「我朋友的模樣有點不對勁」時，香奈驀地抓住她的手。像是在抓浮木，緊緊地握住瑞紀的左腕。

「在、在那裡……」

香奈彷彿快哭出來，驚慌地說：

喏，在那裡，對吧？妳看啊。

但瑞紀依然不曉得香奈究竟看見什麼，跟方才一樣，窗外沒有任何不尋常之處。

香奈又轉向窗戶，表情歪曲。

瑞紀手上傳來一陣尖銳的痛楚，是香奈的指甲刺破了皮膚。她反射性地甩開香奈的手，指甲狠狠刮過皮膚，留下長長的鮮紅痕跡。

「瑞紀……」

兩人四目相接，香奈哀求似地將被甩開的手朝瑞紀伸去。瑞紀不明白香奈發生什麼事，只知道皮膚上的傷口好疼。

香奈泫然欲泣，抬頭望向天花板，像是有人出聲叫她。

香奈不是看著正上方，也不是看向窗外。

她的目光對準斜上方。

如果有人站在她的身旁，差不多就是對方臉的高度。

她放聲尖叫，扭身就要往反方向爬，彷彿想逃離。

一道奇異的破裂聲響起。既像是濕潤的肉塊爆炸，也像是整桶水潑灑出來。

正要走出吧檯的男店員倒抽一口氣，僵在原地。現在究竟發生什麼事？瑞紀一下無法理解。香奈的臉上忽然噴出大量鮮血，地板上一片怵目驚心的紅。此刻，她趴俯著，動也不動。

瑞紀忍不住叫喚香奈的名字，伸手搖晃她的肩膀。沒有反應。香奈依舊趴著，瑞紀只能看見她的後腦杓，然而，香奈頭顱下方的血灘不斷擴大。瑞紀心想必須保持呼吸道暢通，否則大量鮮血可能會阻礙呼吸，決定把香奈翻回正面，於是伸手穿過她的肩膀下方，打算抬起她的上半身。香奈身材纖瘦，體重也輕，只是瑞紀力氣太小，還是抬得很辛苦。

香奈整個人軟綿綿的，明顯已失去意識。一翻回正面，香奈的臉就清楚可見，但瑞紀不能理解自己看到什麼。眼前的畫面太脫離現實，她一時反應不過來。碎裂聲響徹咖啡廳。男店員不由自主後退，撞到牆邊的架子，幾個排列整齊的玻璃杯摔到地上，破了。

香奈的臉看起來非常詭異。雙眼周圍紅通通的，炸成碎片的肌肉組織都露在外頭。她的眼瞼裂開，眼窩只剩下空洞，兩個鮮血直流、紅色肉塊組成的凹洞。原本應該鑲在裡面的眼球消失不見。她的雙眼不知道跑去哪裡。過了好一會，瑞紀才驚覺，散落在地板上的無數肉屑，就是剛才還好好嵌在她臉上的眼球。

瑞紀聽到一聲慘叫，那是從自己口中發出的聲音。

2

上大學後，瑞紀開始在東京一個人生活。第一年她根本交不到朋友，幾乎一整年都沒跟別人交談。她反省得出的結論是，大概是自己害怕看著別人的眼睛講話，才難以建立比較親密的人際關係。結識加藤香奈，是剛升上大二沒多久的事。

早晨的地鐵十分擁擠，瑞紀抓著吊環，默默忍受來自四面八方的壓迫感時，忽然察覺有什麼東西碰到屁股。起初她以為是自己想太多，卻漸漸發現那種觸感肯定是來自某個人的手掌。那隻手帶著明確的意圖，宛如生物般緊貼著她的屁股，緩緩滑動。

瑞紀以前聽過電車裡會發生這種情況，可是一旦親身遭遇才知道，當下厭惡和驚懼會淹沒理智，令人雙腿發軟，根本發不出半點聲音。就在她渾身僵硬不曉得該如何是好時，一道女聲響起。

「住手吧，大叔。」

那隻噁心手掌的觸感忽然消失了。瑞紀在擠得水洩不通的電車裡回過頭，看到一名與自己年紀相仿的褐髮少女，正緊緊揪住西裝筆挺的中年男子的手腕。

後來，不管是把色狼交給站員，還是說明事情經過時，那名少女都一直陪在瑞紀身旁。加藤香奈。她主動自我介紹。一發現兩人讀同一所大學，她們立刻交換聯絡方式，關注彼此的社群軟體帳號。瑞紀請香奈吃飯感謝她出手相助後，香奈又主動邀約「下次要不要去看電影」。不可思議地，瑞紀和香奈十分氣味相投。她是瑞紀到東京後交到的第一個朋友。

她的遺體送去解剖了。

香奈剛死亡時，瑞紀的記憶一片模糊。警察不知何時出現，有人幫瑞紀受傷的左手包紮繃帶。瑞紀哭得上氣不接下氣，整個人恍恍惚惚，在做筆錄的過程中頻頻走神。

瑞紀沒什麼能告訴警方的。香奈忽然站起來，不知道在害怕什麼，又忽然死了。瑞紀沒說謊，警方並不懷疑這一點，因為男店員描述的內容也差不多。

香奈的確是望向窗外後，就變得很不對勁。警方仔細搜索過咖啡廳的庭院，可是香奈當時一直牢牢盯著的地方，並未找到可疑事物出現的痕跡。她究竟是看到什麼才會那麼害怕？

據說，香奈的死因是心臟衰竭。警方相關人員聯繫瑞紀，告訴她解剖的結果：遺體的眼球破裂並非直接導致喪命的原因。是某種因素引發心臟衰竭，使眼球內部產生異常的高壓，最終造成那樣的結局。詳情還沒查清楚，但目前不存在他殺的可能性。

瑞紀無法接受這種說法。

3

香奈習慣同時用好幾種社群軟體，最能了解她近況的是Facebook。過世前一天，她上傳了去溫泉鄉玩的照片。在她死後，那張照片下方湧進許多悼念的留言。香奈的親友都為她的離去深深惋惜。

Facebook似乎有一種功能，在用戶過世後，個人頁面會顯示「緬懷」一詞。瑞紀會知道，是因香奈的個人頁面上，出現原本沒有的這兩個字。大概是有人通知營運方了。

香奈的表妹將喪禮日期等資訊公告在Facebook上。該帶著什麼表情參加喪禮才好？又該對她的家人說些什麼？瑞紀實在不知道。

香奈死後，瑞紀只請了一天假就回大學上課。走在校園裡，好幾個同學叫住她，都是香奈的朋友。瑞紀從未跟他們直接交談，只打過幾次照面。他們大概是聽說有關咖啡廳的傳聞，想知道香奈當時究竟發生什麼事。

「那些流言是真的嗎？」

「流言？」

「香奈的眼睛……」

到下一堂課開始之前，瑞紀將早先告訴警方的內容又重新複述了一遍。至於眼睛的事，她盡量模糊帶過。有些女生光聽瑞紀的敘述就哭了。她們應該都很喜歡香奈吧？瑞紀能體會她們的心情，頓時悲從中來。往後就算來學校，也見不到香奈了。她忽然真切領會到這個事實，驀地一陣鼻酸。

「請問……妳是山村瑞紀，對吧？」

香奈在咖啡廳離奇死亡五天後，有個男生在學校的玄關大廳喊住瑞紀。早上的下課時間，瑞紀坐在長椅上滑手機、瀏覽社群軟體時，對方小心翼翼地走近。

他不僅臉色差，黑眼圈很深，襯衫也皺巴巴的，一看就是沒睡飽、連衣服都沒換便跑來學校。

瑞紀點頭後，他的神情稍微放鬆了些。

沒見過這張臉。但瑞紀原本就不擅長記別人的長相。以前發生過好幾次，她以為跟對方是第一次碰面，最後卻尷尬地發現兩人其實之前就打過招呼。原因應該是出在，生活中她不太去看其他人的臉。

「方便……跟妳聊一下嗎？」

「你要問香奈的事嗎？」
最近常因香奈的事被陌生人叫住，瑞紀才會如此猜測。
「對，我想了解加藤香奈出事的細節。我正在調查她過世的前因後果。」
對方的神情沉痛。
「你和她很要好嗎？」
香奈交遊廣闊，瑞紀猜想眼前的男生也是她的朋友。
沒想到，他竟搖頭。
「不，我不是她的朋友，我從來沒見過她，昨天才第一次知道有這個人。」
「是嗎……」
瑞紀感到有些莫名其妙。既然從來沒見過香奈，為什麼要調查她的事？
他的目光游移，肢體語言流露出幾分疏離。
「呃……其實我不是這所學校的學生。」
透過大廳裡的落地窗，可望見烏雲密布的昏暗天空。幾個學生縮著肩膀走過，似乎覺得很冷。

「我從加藤香奈的Facebook得知她過世的消息。然後，山村同學……聽說她出事時，妳就在旁邊。啊，我的名字是鈴木春男。」

他拚命解釋，似乎擔心瑞紀會覺得他形跡可疑，不願意搭理他。

「我……我原本有個弟弟。」

他著急地接著道。

「原本」有個弟弟。

他用的是過去式，瑞紀詫異不語。

「認識加藤香奈的是我弟弟，他前天晚上過世了，死法非常離奇，但遺體解剖的結果，死因是心臟衰竭，我實在難以接受。」

心臟衰竭。離奇的死法。

聽到這幾個關鍵字時，瑞紀心中已猜到幾分。

鈴木春男繼續說著：

弟弟遺體的臉上……

兩隻眼睛都沒了，

碎屑飛濺一地。

跟香奈的死法一樣。她死在咖啡廳時的面容，忽然浮現腦海。

瑞紀無意識地摩擦著手腕上的繃帶。從那一天起，傷口絲毫沒有恢復的跡象。香奈指甲狠狠抓過的皮膚，偶爾還會發熱，隱隱作痛。

「我弟弟和香奈有往來。」

鈴木認為弟弟的死亡充滿疑點，於是去查看他的Facebook，想知道他最近做了些什麼事，才發現跟弟弟互動過的加藤香奈也在幾天前去世。

「有所往來的兩個人在這麼短的時間內接連過世，本身就不太合理，更別提還是那種死法……」

他繃著一張臉。那不是普通的心臟衰竭，背後應該另有致命的原因。他內心肯定有這樣的猜疑。

致命的原因……究竟會是什麼？瑞紀忽然想起，香奈恐懼地望著咖啡廳窗外的身影。當時外頭毫無異狀，但她絕對看見了什麼。

4

一走出便利商店，手機就響了。鈴木春男冷得發抖，掏出手機，只見螢幕上顯示出弟弟的名字。會是什麼事？弟弟難得打電話來，這搞不好是兩人各自搬離老家後第一次聯絡。路燈照亮便利商店的停車場，春男將手機靠在耳旁，搶先出聲：

「喂，和人嗎？」

「是哥嗎……」

「嗯，是我。」

「不好意思……突然打給你……哥，我……」

和人的語氣不太對勁，在斷斷續續的話語間，依稀可聽見他紊亂的呼吸聲。

「喂，和人，你怎麼了？」

「哥，我跟你說……萬一我死了……家裡就拜託你了……幫我跟老爸說聲對不起……」

「和人，你在說什麼？幹麼突然提什麼死不死的……」

到底是怎麼回事？

弟弟是開玩笑想嚇唬人嗎？春男心生疑惑，但和人不是這種個性，而且他的口吻十分急切。

「你在家裡嗎？」

春男腦中冒出的第一個猜測是，難道和人有什麼煩惱想不開，打算自殺嗎？如果真是這樣，得阻止他。

「喂，你回話啊。你在公寓裡嗎？」

「嗯、嗯……哥，媽的事，對不起。你一直很恨我，對不對？」

和人不曾主動提起母親的話題，春男剎時明白他是真的一心求死。他會打來，恐怕是想在最後傳達這些話吧？春男不禁如此猜想。

然而，下一瞬間，傳來和人的驚叫聲。

「不、不要過來！」

那並不是對著電話另一頭的春男說的，從語調的起伏就能明白這一點。聽起來，像是朝他身邊喊出的聲音。

「和人，誰在你的旁邊嗎!?」

手機摔落地板的聲響傳來，旋即通話就斷了。即使春男一次又一次回撥，也不再有任何回應。

和人的公寓也在東京都內，只是得轉幾趟電車。春男判斷開車會更快，便在路口攔下計程車坐進去。他在車內仍不停打電話給和人，卻依然沒人接聽。

春男下定決心，改成撥打電話報警。必須有人立刻趕到和人的住處查看一下。向警察說明情況時，貌似一直默默聆聽事情經過的計程車司機，從後照鏡中瞥了他一眼。

警方會不會根本不當一回事？春男懷疑警方會光憑一句「我弟弟不太對勁」就出動。不過警方保證會從和人住處所在地區的派出所，派人去查看。結束與警察的通話，春男望向窗外，都內景色一幕幕掠過。

他回想著弟弟的驚叫聲。

和人說「不要過來」，話聲中充滿恐懼。

弟弟究竟是遇上什麼狀況？有誰在弟弟的住處，正打算接近在講電話的他嗎？果真如此，弟弟會不會是惹上什麼大麻煩了？

春男在路上持續撥打弟弟的手機，依舊沒人接聽。弟弟住的公寓終於出現在眼前，四周十分寂靜，一個行人也沒有。小巷旁停著兩輛應該是警察的腳踏車。

春男付錢給計程車司機後，便下了車。弟弟住在一樓的盡頭，春男經過設有住戶信箱的那面牆，往裡走去，看見弟弟的家門前站著三名男子。

其中兩名穿著警察制服，另一名年長的男子拿著一串鑰匙，大概是管理這棟公寓的公司員工。

「我是鈴木，剛剛打電話報警的人。」

春男走近，一邊自我介紹，並朝三人點頭致意。看來，他們正要用管理公司的萬用鑰匙開門。

「不管按門鈴或敲門，都無人回應。」

一名警察開口解釋，門鎖著他們打不開，就繞到公寓後面試著開窗，不料窗戶也鎖著，只好退而求其次，從窗外觀察屋內的情況，但窗簾拉上了什麼都看不見。

「屋內很暗，不過走廊上的燈亮著。」

和人住的是那種大學生獨居時常選擇的、隨處可見的單房公寓。一打開大門，就是一條兼作廚房使用的走廊，再進去是一個四坪左右的房間。走廊上的燈，指的應該是眼前這扇大門後面、廚房裡的日光燈。

「還有，剛剛電話一直響。」

另一名警察補上一句，神情十分緊張。

「在門後響個不停。」

直到下計程車前，春男都不停撥打弟弟的手機，應該是來電鈴聲傳到門外了吧？弟弟果然在屋裡，錯不了。那他為什麼不接電話？一股不好的預感湧上心頭。

「我要開嘍。」

代表管理公司的那名男子也很緊張，他將鑰匙插進門上鎖孔，轉動。喀噠一聲，鎖開了。警察旋轉門把，沒問一聲就將門向外拉開。

「咦？」

是情況出乎意料嗎？警察發出驚呼，倒退幾步。下一秒，有個沉重的物體從屋內猛然倒向腳邊。是和人。他的上半身仰躺在家門外的走廊上。剛剛他應該是倚門坐著。

管理公司的員工發出慘叫，嚇得一屁股跌在地上。一名警察呻吟了下，趕緊摀住嘴巴。

春男沒辦法理解眼前發生什麼事。之所以知道那是和人，是因為他穿著熟悉的衣服。如果只看臉，或許很難立刻認出是弟弟。

顯而易見地，和人死了。親眼看到他這副模樣，連最後一絲希望都徹底破滅。他的臉上全是血，脖子沾滿像是肉屑的東西。門後一旁就擺著洗衣機，上頭到處噴濺鮮紅色的血液，宛如波洛克（Jackson Pollock）的滴畫作品。到底發生什麼事，現場才會變得如此慘烈？

弟弟的臉好似塞滿大量鞭炮再點火引爆，兩顆眼球已消失，眼窩旁的肌肉形成兩個紅黑色的凹洞。那情景太詭異，春男實在沒辦法撲上去痛哭，只能靜靜低頭望著他。

其中一名警察臉色蒼白，不曉得正打電話給誰，附近住戶的門開了，鄰人探頭看向這裡。而管理公司的員工還在慘叫。

春男跪到地上去摸和人的手，他的手指已發涼。

5

大學的咖啡廳氣氛閒適，現在還不到中午用餐時段，學生都在上課。靠外側的牆上設有大片窗戶，能清楚望見樹葉都落光的枯樹，及東京都心的無數高樓大廈。

「我在電話裡聽見和人大叫『不要過來』。除了他，屋內一定有其他人。既然窗簾拉上了，不可能是對著外面的人喊。」

坐在春男對面的女學生神情認真地聆聽，左腕上纏著繃帶。她說是加藤香奈在咖啡廳出事時受的傷。她名叫山村瑞紀，是加藤香奈的朋友。長得很漂亮卻面無表情，似乎是習慣將感受藏在內心的類型。

「沒人躲在浴室或壁櫃裡嗎？」

瑞紀捧著咖啡杯，目光落在咖啡色液體的表面，幾乎不與春男對視。

「對，沒人。窗戶從內側上鎖，也沒有任何人逃出去的痕跡。而且，和人又一直背靠大門坐著。」

「他的姿勢是面對房間的方向嗎？」

「對。」

手機就掉在和人的遺體旁邊，想必他就是在那裡打了最後一通電話吧。

「有什麼東西在屋裡，你弟弟看到後……明白死期將近，於是打電話給你……」

瑞紀與其說是在對春男講話，更像是為了整理思緒而喃喃自語。

「妳說有什麼東西，會是什麼東西？」

「我不知道，可是……」

瑞紀凝視著左腕上的繃帶。

「香奈臨死前，也一直盯著什麼。」

「香奈也是？」

「她一直盯著咖啡廳的窗外，顯得很害怕。可是我什麼都沒看到，彷彿只有香奈看得見那個東西。」

有個名叫加藤香奈的女生，跟弟弟的死因相同，而且兩人生前似乎十分要好。春男注意到這件事，是在和人過世隔天，也就是得知解剖結果的那一天。

春男和接到消息趕來的父親，待在醫院的太平間望著和人的遺體。眼睛的傷口已清潔乾淨，但模樣依舊詭異。即使鮮血都擦掉了，眼球還是沒出現在該出現的地方。此刻春男才發現，一張臉給他人的印象，絕大部分取決於眼睛這項器官。父親面對和人的遺體，一句話都說不出來。

按照醫生的看法，死因是心臟衰竭。醫生解釋，心臟衰竭並非一種特定疾病的名稱，而是指心臟發生異常，使得輸送血液的功能大幅衰退的狀態。心肌梗塞、瓣膜性心臟病、心肌症等疾病發生後，最終導致的狀態就是心臟衰竭。

醫師表示，和人可能從以前就有心臟方面的隱疾，只是連他自己都沒發現，而雙眼爆裂也並非直接致死的原因。實際上，許多人出車禍雙眼受損，卻性命無虞，依舊活得好好的。光是兩隻眼睛碎裂，並不會出人命。恐怕是心臟衰竭或其他原因使得眼壓過高，才會發生這種情況。

聽了醫師的說明後，春男仍無法釋懷，很想叫住判斷此事並非命案就準備離去的警察。可是，如果只是心臟衰竭，和人為什麼會在電話另一頭大喊「不要過來」呢？

太平間外，春男和父親在昏暗走廊的長椅上坐著休息。

「和人是被殺害的。」

春男將腦中縈繞不去的念頭說了出來。

「被誰?當時他的住處不是沒有其他人嗎?」

「原本有人,可是後來消失了,像一陣煙似地消失了。是那傢伙把和人弄成那樣的。」

春男雙手掩面,淚水濡濕臉頰。

「春男……」

父親伸手輕撫他的後背。

弟弟的死肯定另有原因。春男決定相信自己的直覺,展開行動。

走出醫院,與父親道別後,春男獨自前往和人的公寓。春男轉乘幾班電車,朝和人住的那一區移動。弟弟就讀東京大學,就是大名鼎鼎的東大。和人很優秀。他那棟公寓所在的住宅區,搭電車到東大只需一站。剛發現遺體時,在附近引起一陣騷動,一個晚上過去,警車和湊熱鬧的居民都散了,又恢復平日的靜謐。

為了整理遺物,春男事先借來鑰匙。進到弟弟的住處,只見門邊的血跡還未清理。

春男環顧屋內，尋找可能造成弟弟死亡的原因，卻又對那應該是怎樣的東西毫無頭緒。他打開冰箱，看看有沒有可能引發心臟衰竭的食物，但冰箱裡空無一物。看來，弟弟也都不下廚。

牆上的軟木板，以圖釘釘上了出遊、聚餐時拍下的照片，其中有一張令人印象深刻，背景似乎是書店，和人左右兩側都是年紀相仿的女生，三人穿著同色的圍裙。之前和人提過在書店打工，這張照片拍攝的地點應該就是他打工的店，兩旁的女生則是同事吧？

「所以你才會知道香奈嗎？」

瑞紀盯著自己的手指，大概是不好意思直視對方進行交談的那類人。校園咖啡廳裡的人慢慢多了起來，紛雜的談話聲在寬敞的空間裡回響。

「我想了解和人的交友情況，於是去看了他的Fackbook個人頁面。我是離開他的住處，在外面的停車場查看。」

「為什麼要離開？」

「屋內的血腥味太重。之後，專門的清潔業者才來打掃。」

春男大口呼吸外頭的新鮮空氣，一面滑手機。他用手指滑動螢幕上顯示的和人的個人頁面，檢視好友名單。

春男發現有一個帳號叫「加藤香奈」，順手點進去，想看一下她的個人頁面，因為大頭貼裡的那張臉似曾相識。這女生肯定就是軟木板上的照片中，站在和人旁邊、穿著書店制服的人。

她的個人頁面顯示出來後，春男全身冒起雞皮疙瘩。緬懷。

在她的名字旁邊，出現這兩個字。

春男再去其他幾個社群軟體蒐集資訊，發現有關她離奇死亡的傳言。

聽說，她的雙眼破裂……

和人的死，與加藤香奈的死，想必有所關聯。

咖啡廳裡逐漸熱鬧起來，處處笑語喧騰，只有春男和瑞紀這一桌陷入沉默，顯得格格不入。坐在對面的瑞紀，臉色不太好看。

「山村同學，我就是因此才決定來找妳。」

加藤香奈過世時，山村瑞紀就在現場。這消息在她們就讀的大學裡傳得滿天飛。

「如果事先跟妳聯繫再過來，會不會比較好？像是先傳訊息詢問妳之類的。」

「沒關係。我也覺得香奈過世時的情況很不對勁。她為什麼非死不可？我正煩惱不知道該從哪裡查起。真的太奇怪了。生前互有往來的兩人居然在短短幾天內接連死亡，還是那樣的狀態……」

春男從包包裡掏出照片。那是在和人住處找到的，穿著書店制服的三人照片。

站在和人左邊的褐髮女生是加藤香奈，五官和髮型都令人眼睛一亮。站在和人右側的女生頂著一頭烏黑的長鬈髮，是具有亞洲氣質的美女。

他把照片轉向瑞紀，指著黑髮的女生。

「我打算去找這個女生。她名叫富田詠子，似乎常跟和人與香奈一起值班。今天來找妳之前，我去書店確認過。我說自己是和人的哥哥，店員就願意告訴我。不過，她沒在店裡，好像從前幾天就身體不舒服，一直請假。」

「你認為她知道些什麼嗎？」

「我還不確定。但聽說她請假前，曾分送去旅行時買的伴手禮給同事。」

「旅行？去泡溫泉嗎？」

「沒錯，和人似乎一起去了。我在他的住處，找到在當地買的點心。」

春男凝視著那張三人穿著書店制服、笑容燦爛的照片。三人的交情好到會一起出去玩。他不禁心懷期待，說不定富田詠子會知道兩人過世的原因。

6

春男在新宿的伊勢丹百貨地下街買好伴手禮，搭上中央線的電車，往立川方向移動。一走出剪票口，春男很快就發現山村瑞紀。她看到春男後，點點頭算是打了招呼。她的打扮以灰色為基調，這麼說來，上次去大學找她時，她也穿著暗色系的衣服。因為好友剛過世，特意避開亮色系的服裝嗎？還是，原本就喜歡這種沉穩的色調？

「我們走吧。」

「麻煩你帶路了。」

春男邁出步伐，山村瑞紀稍微落後跟著。到昨天為止，春男原本打算獨自造訪富田詠子的住處，不過告訴山村瑞紀這個計畫後，她詢問可不可以一起去。春男簡直求之不得，有女生同行，對方也會比較放心吧。

繞過車站前的圓環，穿過商店街，轉進一條狹窄的小巷後，兩人來到住宅區。瑞紀盯著腳下，一邊走一邊問：

「你有先打電話給富田小姐吧？她的情況如何？」

「感覺沒什麼精神。這也能理解。」

春男事先聯繫過富田詠子，電話號碼是從和人住處的記事本中找到的。可惜和人的筆記型電腦與手機密碼解不開，沒辦法查看裡面的資訊。

「她應該聽說和人與香奈的事了。」

從電話另一頭傳來的聲音，透露出富田詠子此刻有多憔悴。好友接連過世，她想必備受打擊。

烏雲籠罩天空，彷彿隨時會下雪。瑞紀雖然穿著大衣，走路時依然冷得縮起肩膀。

兩人抵達富田詠子的家，抬頭望向氣派的大門。她家是獨門獨棟的古風日式建築。先確認過門牌上寫著「富田」兩個字後，他們才按下門鈴。稍等片刻，伴隨一聲「來了」，玄關的拉門隨即開了。

一個膚色蒼白的瘦削女生探出頭，正是照片裡跟和人與加藤香奈站在一起的女生。她輪流望著春男與瑞紀。

「妳好，我姓鈴木，是和人的哥哥。」

春男先點頭致意後，一旁的瑞紀也低頭行禮。

「我是香奈的朋友，我姓山村。」

富田詠子神情緊張地點頭。

「我一直在等你們來，請進。」

她露在袖口外的手臂瘦得嚇人，照片裡的她身材更正常些。可能是好友接連過世，她這幾天都食不下嚥吧。

脫鞋踏入屋內，黑檀木地板鋪成的走廊上，空氣中透著寒涼。富田詠子領著春男與瑞紀到一間鋪著榻榻米的和室後，兩人脫下大衣，在坐墊上端正跪坐。房裡設有佛壇，擺著一張約莫是富田詠子雙親的遺照。她是一個人住在這幢屋子嗎？感覺不出還有其他人在這裡生活的跡象。

春男遞出事先買好的點心，富田詠子虛弱地微笑。

「謝謝，讓你費心了。」

和室旁就是簷廊，雖然是陰天，院子裡常綠樹的蓊鬱綠意依然鮮明。池水表面沒有結冰，可見氣溫還在零度以上。和室一隅擺著暖爐，想必早就開啟暖和室內。

「和人的事，還請節哀……」

富田詠子跪坐在榻榻米上，低頭說：

「我常請教他課業上的問題。」

「那小子的成績的確一向很好。」

接著，她的目光轉向瑞紀。

「還有香奈。我們三個常在下班後一起去連鎖家庭餐廳吃飯，和人會幫忙我與香奈完成報告，每次都弄到很晚。」

「香奈常提到，打工的店裡有同事會教她功課，應該就是指和人吧。」

春男想像著和人跟她們在夜晚的連鎖家庭餐廳開讀書會的場景，胸口忽然一緊，幾乎要落下淚來。富田詠子講述的，是春男從不知曉的和人的日常生活。春男內心深受觸動，原來和人在東京這個大都會過著這樣的生活。許多事情總是在失去之後才明白。今後如果想了解弟弟的人生，只能像玩拼圖般一一拼湊這些逝去的日常碎片，他不禁悲從中來。

春男重新坐正，詢問富田詠子：

「昨天在電話裡也提過，關於他們過世的事，妳知道些什麼嗎？」

「什麼都好，再小的事情也無所謂。」

山村瑞紀也加入詢問的行列。

和人與加藤香奈都死於心臟衰竭，眼球當場破裂，這些細節富田詠子似乎都知道。書店同事曾聯絡她，而她也在社群軟體上蒐集相關資訊。

「那個……」

她彷彿有話想傾訴，望著春男和瑞紀開了口。

可是她沒再說下去，又閉上嘴，看來是心裡有所顧慮。富田詠子搖搖頭，垂下目光。她肯定知道些什麼，春男如此認為。

「我不相信和人只是死於心臟衰竭，他死前打電話給我，當時我聽到他大喊『不要過來』。」

春男一說完，富田詠子驚愕地抬起頭。

「和人說『不要過來』嗎？」

她的臉色突然變得很難看，一瞬間慘白如紙，彷彿隨時會昏倒。

「妳知道些什麼嗎？」

瑞紀追問。

富田詠子面露怯意，輪流望向春男與瑞紀。

她的反應顯然是知道隱情。

「的確，我懷疑他們的死與某件事有關。不過，我覺得這種想法很蠢，猶豫是否應該告訴別人。」

「富田小姐，請告訴我們。」

瑞紀開口拜託後，富田詠子遲疑地描述起事情經過。她似乎還沒能整理好，遣詞用字十分慎重。

「我們前陣子去泡溫泉。」

是去F縣Y市的湊玄溫泉。那個溫泉鄉位於山麓，從東京過去要先搭電車再轉乘公車，單程約需三小時。

「我們在那裡聽到一個恐怖故事，或者該說是鬼故事？總之，就是有一個女人，一個眼睛大得離奇的女人，會緊追著人不放的故事……」

7

刺耳的鬧鐘鈴聲響起。

森川俊之從床上跳起來，渾身是汗，似乎是作了惡夢，只是睜開雙眼的瞬間，便忘得一乾二淨。

心臟在胸口劇烈跳動。他抹去額頭的汗水，決定先下床。可能是煤油暖爐設定的溫度太高，房裡又悶又熱，幾乎令人窒息。他拉開窗簾及窗戶，呼吸早晨新鮮的空氣。透著寒意的晨風吹進房間。

俊之家位在山麓高地上的住宅區，是父親在世時買下的獨棟房子。清新的空氣流進肺部後，他才感覺自己活過來了。窗外，濛濛的晨霧中，可望見山腳下的城鎮。旅館密集的那一區冒著白茫茫的水蒸氣。

吃完早餐，他打理好自己，準備出門。母親一如往常，到玄關送他出門。

「你今天會晚回來嗎？」

「跟平常一樣吧。」

俊之牽出自行車。騎車到他任職的那家溫泉旅館大概要花二十分鐘。去年他還騎著這輛老爺車去高中上學，現在已直接改為通勤用。

高中畢業後，他曾猶豫是否該上大學，最終仍決定在老家附近工作。俊之居住的Y市沒有大學，如果想繼續升學，勢必得搬到其他地區，但他不忍心拋下母親獨自離家。

俊之的家鄉有溫泉這項得天獨厚的觀光資源，名氣雖然比不上熱海或箱根，但相對地觀光客也較少。之前雜誌還專題介紹，說是不為人知的溫泉祕境，所以有一些年輕人來玩。當地的溫泉旅館每家都在招人，俊之高中畢業就立刻去實習，接受員工訓練。

騎車滑過下坡時，冬季寒風的威力幾乎讓人瞬間結冰。一到車多的路段，他會放慢速度。來到土產街區，隨處可見設有泡腳池的涼亭散布在小鎮風光中。

俊之任職的「湊壽館」建於昭和後期，是一家飯店式的老舊溫泉旅館。在停車場停好車，他從後門進去，換上等同於制服的作務衣，再向老闆娘和前輩打招呼。

早上俊之用吸塵器清理宴會廳的榻榻米時，同事原花子向他搭話。

「俊之，你聽說那件事了嗎？」

她神情激動地走近，一隻手還氣勢驚人地揮舞著除塵撣子，看來是有什麼大新聞。原花子個子矮，身材圓潤，頂著妹妹頭，總是戴著眼鏡。兩人年紀相仿，常湊在一塊聊天。

「哪件事？」

俊之關掉吸塵器反問。原花子挨近他，低聲回答：

「渡邊的事啊。不是有個人常送酒來旅館嗎？」

渡邊秀明是年齡介於二十五到三十歲之間的男子，在附近的酒類專賣店工作。他外貌獨特，身材瘦弱細長，給人一種爬蟲類的印象。湊壽館都是向他工作的那家店進酒，萬一宴會中酒突然喝完了，只要打通電話，他就會立刻搬一箱酒來。俊之常與他打照面，有幾次他來收空箱子時，兩人站著聊了幾句。

「這麼一提，最近都沒看到他。」

俊之並未特別留意，不過這幾天確實沒看到渡邊的身影。不對，搞不好超過一週沒在鎮上遇見他。

「聽說，有人發現他死在公寓裡。」

這個出乎意料的消息衝擊太大，俊之驚訝得說不出話。

「他好幾天前就死了。只是因為他一個人住，才沒人發現。如果現在是夏天，可能早就有人注意到了。」

從原花子的神情，察覺不出一絲為渡邊的死而悲傷的情緒，俊之也跟她差不多。兩人之間並未親近到俊之會為他落淚的程度，頂多是對這意外的消息心生些許感慨罷了。

「死因還不清楚，只是聽說他被發現的時候，模樣很恐怖，臉還被老鼠啃過，爛到不成人形。」

「他是哪天過世的？」

「可能是九天前的晚上，因為他隔天便無故曠職。就是下大雨那天，你記得嗎？」

這麼一提，確實有天下了場大雨。假設真如原花子所說，自那一天起，渡邊就沒跟任何人聯絡，都沒人擔心他的安危嗎？僱用渡邊的那家店，也沒人去他的公寓看一下嗎？話說回來，九天前的晚上……

一道年輕女子的聲音忽然掠過俊之的腦海。這句話出自一個年紀稍長於俊之，氣質華美的褐髮女孩。啊，對了，那是……

「你怎麼了？」

原花子窺探著俊之的臉色。俊之突然不說話，她有點不知所措。

「沒事。」

俊之搖頭。就在這時，一名穿著作務衣的前輩經過宴會廳入口，是湊壽館非常資深的員工。現在最好別再聊天，俊之立刻重新打開吸塵器。儘管還沒聊夠，原花子也乖乖回去自己負責的區域。

營業用吸塵器發出刺耳的運轉聲，將藏在榻榻米縫隙的微小灰塵全吸乾淨。俊之望著吸塵器，反芻渡邊秀明過世的消息。有件事卡在他的心頭。

一到休息時間，俊之就朝湊壽館的大廳走去。由於是飯店式的溫泉旅館，裝潢並非傳統的日式風格。深紅色地毯別有風味，令人想起陳年保齡球館，或是那種可以唱卡拉OK的小酒店。入口放著供客人自由拿取的手繪地圖，角落有一區販售土產。

大廳的中央，擺著一套皮革沙發。一看到沙發，記憶逐漸復甦。俊之慢慢想起那天晚上發生的事，於是走進櫃檯，翻開顧客名簿。

原花子說，渡邊是在九天前的晚上過世。雖然不曉得是幾點，不過遺體是在公寓遭人發現，表示他是下班回家後才死亡。

那一天，俊之見過他，時間應該是在傍晚過後。由於老闆娘的訂單內容有誤，渡邊來湊壽館一趟，當時負責處理這件事的正是俊之。

俊之在櫃檯裡檢查訂單，發現情況比預想中複雜，但老闆娘和其他前輩忙著照顧宴會廳，沒人可以求救，只好請渡邊在櫃檯附近稍候。那天晚上雨勢滂沱，屋內都聽得一清二楚。大廳裡，三位來自東京的年輕旅客神情無聊地坐在沙發上。

俊之回溯大腦深處的記憶，翻著顧客名簿，沒多久就找到他要的那一頁。

九天前，住在湊壽館的那三人。

鈴木和人。

加藤香奈。

富田詠子。

住家地址全部在東京，三人皆為二十歲，應該是大學生吧？一男二女這種組合很有都會風格，對俊之來說有些新潮。那天夜裡，他們一直在旅館大廳的沙發區消磨時間。三人大概沒發現由於牆壁或建材的緣故，回聲很大，即使待在櫃檯，他們的對話內容也會傳進俊之的耳中。

那場婚宴上，大家熱烈地拍著手。
當場有人舉起相機照下這一幕。
後來看照片時，才發現所有人都是這種姿勢。

褐髮女生這麼說著。從櫃檯後方悄悄望去，只見她雙手合十，比出類似喪禮上會做的手勢。聽起來，為了打發時間，那三人輪流在講恐怖故事。坐在她對面的男生，和另一個女生，都神情緊張地盯著她貼合的雙手。

剛好拍到大家雙手完全緊貼的瞬間。
後來，新郎和新娘沒多久就意外身亡……

那女生的故事講到這裡就結束了，隨後大家紛紛發表感想。男生推測雙手合十的瞬間，跟陰間產生了連結，才會拍出那種照片。三人專注討論時，原本待在櫃檯附近的渡邊秀明幽魂似地飄過去。

剛才的故事……

啊，抱歉突然插嘴。

只是我剛好也知道。

這故事很有名吧？

渡邊的語氣有點纏人，搭上他的外貌，交織出一股獨特的氛圍。三人戒備地望向他。黑髮女生一聽到方才的故事早就有人知道，便扭頭去看褐髮的女生。

不是妳朋友的故事嗎？

抱歉，我是在網路上看到的。

什麼啊！害我嚇得要死。

三人間的氣氛又活絡起來。外頭風雨聲依舊，宴會廳裡的熱鬧談笑聲也隱約可聞。俊之豎起耳朵聆聽他們的對話，繼續檢查手上的訂單。

你們喜歡鬼故事嗎？

有興趣聽嗎？

我最近剛好想起一個以前聽過的故事。

只在本地流傳，外面聽不到的。

怎樣，想聽嗎？

渡邊再次主動開口。他大概是閒得發慌吧。三人交換眼神，稍微討論一下。只在本地流傳、外面聽不到的故事，究竟是什麼呢？俊之也有點好奇。

渡邊的腰上繫著短版工作圍裙，上面印著湊玄溫泉的釀酒廠出產的地酒〔註〕標誌，三人應該看得出他並非湊壽館的房客，想必會認為是熱情的當地居民吧？

那麼，就麻煩你說給我們聽吧。

唯一的男生代表發言。三人都興致高昂。那一區還空著一張單人沙發，於是渡邊坐下來，清了清喉嚨，開始講述。

往昔……

有個男人走在路上。

那是一條草木蓊鬱的山路。

在昏暗的天色下，他不斷向前走。

鈴！忽然傳來一道鈴聲。

渡邊說話時，豎起左手的食指當登場人物。他的食指靈活地左右移動，讓人很容易想像那男人走在彎曲山路上的畫面。

說到鈴聲出現的瞬間，他停下食指的動作，做出回頭的姿勢。

接著，他將指腹往後方轉去。

註：具當地特色的酒。

什麼聲音?男人回過頭。

發現後面竟站著一個眼睛大得離奇的女人。

男人驚疑不定,不禁加快腳步。

可是,那女人一直跟在他的身後。

男人終於忍不住,開口問:「妳幹麼一直跟著我?」

女人回答:「因爲你知道我啊……」

渡邊又伸出右手的食指代替女人。他用兩根手指生動地表現出,男人拔腿就跑、女人緊跟在後的場景。

「妳到底是誰?」男人說。

於是,女人報上名字:「我是SHIRAISAN。」

男人反問:「SHIRAISAN?」

女人回答:「嗯,對。我會追捕知道我的人,然後殺了他。」

渡邊交替演出男人和女人的聲線，十分精彩。他左手的食指看起來真的像那慌張的男人，右手的食指則像自稱SHIRAISAN的女人。故事終於步入高潮。

「妳不要過來！不要再過來了！還有其他人聽過妳的名字吧？妳去找他們啊！喂，我拜託妳！一定有吧？其他聽過妳名字的人……」

「聽過我名字的人？」

「沒錯，一定有人聽到我們的談話，得知SHIRAISAN這個名字，就在那裡！」

「啊，眞的有呢，就在那裡……」

渡邊忽然將代表女人的食指轉向三位旅客，驀地，故事裡的人物彷彿真的回頭看過來。三人露出震驚的神情，俊之也嚇了一跳。故事和現實的界線在那一瞬間模糊了。

下一個就輪到你了。

扮演女人的那根食指直指三人。他們全都雙肩一震。

沉默幾秒後，渡邊噗哧一笑。

我講完了。就是一個聽完會受到詛咒的那種故事。

氣氛稍微輕鬆了些。三位旅客不約而同地輕撫胸口，相視而笑。

眞是的，你未免太壞心了。

居然玩這種哏？

他們的反應熱絡。忽然，有個女生問了一句。

我們……被詛咒了嗎？

是那個褐髮女生。

嗯，畢竟你們聽到名字了……拜託，哪可能有這種事啦。

渡邊神情溫和地搖頭，說話的方式表達出他打心底不相信世上真有詛咒這種事。方才瀰漫在幾人之間的詭異氣氛，頓時煙消雲散。俊之鬆了口氣。三位客人聽完恐怖故事，似乎十分滿足。

渡邊忽然面露困惑，抬頭看著天花板，彷彿發現燈泡在閃爍。但電燈好好的，並未忽明忽暗。他用力揉了揉眼睛，伸直背脊，望向櫃檯後方的俊之。

這裡的電燈好像閃了一下。

你太累了吧？燈泡才剛換過。

大概是眞的累了。欸，你剛剛有在聽吧？可怕嗎？

嗯，很可怕。

是本地流傳的故事嗎？

應該沒錯，是別人告訴我的。

沒多久，熟悉行政工作的前輩終於有空從宴會廳抽身來幫忙，三兩下就搞定訂單的細節，放渡邊離開了。如今回想，那是最後一次看到他。儘管兩人並不是多要好，但在同一溫泉鄉工作的熟面孔少了一張，還是令人不勝唏噓。

俊之拍下顧客名簿留作紀錄，抬頭凝望從窗戶斜斜灑落大廳的陽光。

那個故事的企圖挺惡劣。名叫SHIRAISAN的女人會追捕知道她的人，並加以殺害。可是，只要專心聽故事，自然就會知道SHIRAISAN，變成被追殺的一方。那種結尾方式根本是強迫中獎，幸好當天晚上的三位客人沒生氣。

俊之抬眼看了一下時鐘，發現休息時間即將結束。回去工作吧。離開大廳，沿著走廊經過廚房時，他忽然感到背後有股黏稠、濡濕，極不舒服的氣息。帶著腥臭味的滑溜氣息掠過肌膚的觸感，令他全身爬滿雞皮疙瘩。廚房旁的銀色牆壁映出他的身影，雖然不如鏡子清晰，仍足以看出有團混濁又漆黑的人影，緊貼在他的背後站立著。

俊之驚慌地回頭，後面卻什麼也沒有。無人的走廊上空蕩蕩，根本沒有像是黑影的東西。方才後頸感受到的腥臭氣息也消失了。

是心理作用嗎？俊之摸摸後頸，返回工作崗位。

8

富田詠子豎起食指充當出場人物，輔助故事的進行。

「接著，男人朝女人大喊『妳不要過來！妳為什麼要跟著我？』女人說『因為你知道我啊』，男人又回她『我才不知道妳是誰』，於是女人反駁『你說謊』，男人只好問『那妳叫什麼名字？』女人就……說出一個名字。」

「一個名字？」

瑞紀疑惑地問道。

「我現在不能說……總之，女人追趕著男人，一邊報上名字，然後說『只要知道我的人，我就會殺了他』。所以，男人就回『妳去找別人！還有其他人知道妳的名字吧？』沒想到女人說『好』，接著緩緩轉過頭……」

那根代表女人的食指，冷不防轉向瑞紀他們，簡直像是故事裡的女人入侵現實世界，發現瑞紀等人在場，令人寒毛直豎。跪坐在一旁、聽得入迷的鈴木春男，不禁倒抽一口氣。

「下一個就輪到你了。」

富田詠子指著瑞紀他們，沉聲說出這句話。

沉默幾秒，她才放下手，彷彿要和緩緊張的氣氛般露出笑容。

「結束。這就是我們在湊玄溫泉聽到的故事。」

瑞紀吐出一口氣。

「我去泡茶，一起吃你們帶來的點心吧。」

她站起身，走出去拿春男買的點心。

兩人剛才是面對面跪坐在矮桌旁的坐墊上聽故事，瑞紀腿都麻了。這間設有佛壇的和室裡，置於角落的老舊暖爐正靜靜發熱，瑞紀不由得想起自己的老家。每到冬季，老家也會使用石油暖爐。

「是最後會把聽眾牽連進去的那種故事。」春男開口，舉起右手食指直瞧。「雖然詠子小姐剛才沒說，但一般應該會明確講出那女人的名字吧？所以，最後男人才會大叫『去找那些知道妳名字的人』，將聽眾拉進故事裡。」

「居然有這種具備後設小說結構的恐怖故事嗎？」

瑞紀詢問春男。

「我不太清楚，但應該是有的。好比，原本以為是在聽一個普通的鬼故事，沒想到說故事的人最後突然指著聽眾後面說『瞧，鬼就在你的背後！』來嚇唬對方。」

「啊，原來如此。」

「如果純粹是當成一個故事聽，最後卻毫無預警地遭到指名，百分之百會嚇一跳。這樣真的很奸詐。」

兩人開口詢問加藤香奈與鈴木和人過世的相關資訊後，富田詠子就說了剛才的故事，可見她認為兩人的死與此有關。

「故事裡，男人曾大喊『不要過來』吧？」

「我弟弟在死前也曾大喊『不要過來』，富田小姐可能是從中察覺到什麼涵義，等她回來，再問問她。」

沒多久，遠處傳來水燒開的聲音。是利用噴出的水蒸氣來鳴笛的笛音壺發出的聲響。

「不太對勁……」

瑞紀喃喃道。水壺的聲音響個不停，詠子為什麼不關火？瑞紀望向春男，兩人視線一交疊，她隨即轉開。她不敢與別人對視，尤其是男性。

「我去看看。」

春男站起身。擅自在別人家裡走動不太好吧？但富田詠子可能是發生什麼意外，像是忽然貧血昏倒，才沒去關火。春男的腦海浮現她瘦削的雙頰及脖子。

「山村同學，妳在這裡等一下。」

春男拖著發麻的雙腳到走廊，關上拉門。

「富田小姐，水開了！妳在哪裡？」

春男的叫喊聲逐漸遠去，和室裡只剩下瑞紀一個人。一會後，水壺不再發出聲響，大概是春男關掉了。

兩人應該馬上就會回來。瑞紀伸出雙手食指充當男人與女人，回想剛才那個故事。

有件事讓她很掛心——富田詠子刻意不說出那女人的名字。約莫是忌憚故事裡出現的「眼睛大得離奇的女人」，敘述時才會那麼謹慎，不輕易透露女人的名字。只要稍微想一下故事結尾的安排，就能明白她的用意。

一旦意識到那女人的存在，那女人就會找上門。

富田詠子該不會是擔心故事中的女人，會對現實世界造成影響？如同故事裡的女人回頭望向聽眾，模糊了現實與幻想的疆界，她相信那股力量會危害兩人，才刻意不提那女人的名字吧？

「山村同學，妳快過來！」

忽然有聲音傳來。是春男的叫喚聲，語氣很急迫。

瑞紀起身，探頭望向走廊。

「這邊！快來！」

瑞紀趕緊循著聲源處前進。走廊前方有一扇拉門通往另一個房間，拉門大大敞開。探頭一看，眼前的情景完全超乎想像。

霎時，瑞紀沒辦法理解是什麼情況。乍看之下，富田詠子和春男抱在一起，其實根本是另一回事。首先，一根繩子懸吊著富田詠子的身體，頂端繫在門框上的橫木，另一端則纏繞在詠子的脖子上，而她的腳尖浮在半空中，下方倒著一張木椅。

春男雙手環繞她的身體，抱住她似地往上抬。不這樣做，繩子就會絞斷她的喉嚨。

「山村同學，剪斷繩子！快點！」

目睹太過異常的景象，瑞紀的腦袋頓時當機。

「剪刀在那邊！」

聽到春男的聲音，瑞紀勉強動了起來。

榻榻米上剩下半綑繩子，還有大概是詠子方才用來剪繩子的那把剪刀。瑞紀急忙拾起剪刀，站上木椅，打算從詠子的脖子與橫木中間將繩子剪斷。繩子編織得十分扎實，沒辦法一刀剪開，瑞紀試了好幾次，才終於剪斷。

春男抱著詠子一起倒在榻榻米上。

「詠子小姐！」

翻過詠子的身體，只見她的臉呈充血狀態，脖子上的肌膚被繩子勒得變色。雖然她的雙眼緊閉，完全沒有反應，但胸口仍有微弱的起伏，看來應該避開最糟糕的情況了。

「我去叫救護車。」

春男走出房間，大概是去拿手機。

瑞紀的腦袋亂成一團，癱坐在詠子的身旁，雙腿發軟，手也抖個不停。為什麼會發生這種事？疑問不停冒出腦海。她明顯是想自殺。詠子的黑色髮髮披散在榻榻米上，脖子上仍纏繞著繩子，瑞紀伸手想幫她解開。

不料，詠子突然抓住瑞紀的手腕，眼睛微微睜開，卻遲遲無法聚焦，彷彿什麼都看不見。瑞紀嚇一跳，正巧春男拿著手機回來。他應該已打電話叫救護車，告知對方這邊的地址。

「怎麼了？」

「呃，詠子小姐……」

詠子發出呻吟般的聲音，像是在喃喃自語。

春男也在一旁跪下。

「詠子小姐，妳還好嗎？」

她意識模糊，似乎想說些什麼，不過傷到喉嚨，痛得表情扭曲。瑞紀和春男把耳朵貼近詠子的嘴巴，才終於聽見她的囈語。

SHIRAISAN要來了……

她的聲音極為粗啞，原本抓著瑞紀的那隻手忽然鬆脫，不過還有呼吸。

兩人確定她只是昏過去，不禁鬆了一口氣。

然後，他們才有心思回想剛剛聽見的那個名字。

第二章

1

下班後，俊之在旅館員工專用的準備室中換下作務衣，穿回自己的衣服。正要從後門離開時，迎面遇上同事原花子。

「辛苦了。」

「妳也辛苦了。」

她剛要進門，俊之停下腳步。

「啊，原小姐，能占用妳一點時間嗎？」

俊之掏出手機，找出顧客名簿那張照片，就是寫有加藤香奈、鈴木和人、富田詠子的那一頁。他很在意那三人，他們應該是在聽了恐怖故事的隔天退房。當天俊之休假，沒能親眼看到三人離開的情況。

「妳記得這幾個人嗎？」

原花子看向手機螢幕。

「這不是我們旅館的顧客名簿嗎？」

「對。」

「你趕快刪掉。」
「為什麼？」
「這算是個資，不能擅自拍照。要是老闆娘知道，她會發火喔。」
俊之嚇一大跳，沒想到這個行為嚴重到會惹老闆娘生氣。
「不好意思，我馬上就刪。」
最後，根本沒問清楚原花子記不記得那三人。
「你在資訊管理上要多注意一點。那先掰嘍，明天見。」
俊之向她低頭行禮，從後門離開。
天空已徹底變暗，路燈的光暈旁，一片白雪緩緩飄降。俊之冷得發抖，走到自行車停車場牽出自己的車。他沒準備雪天需要的配件，得在雪勢轉大前趕緊回家。
俊之套上保暖用的手套，單腳跨過自行車，俐落騎過湊玄溫泉的溫泉街。這一區有小河流經，風味猶存的木造建築棟棟相連，土產店門口掛的燈籠與路燈的光線錯落映照河面，無數亮點宛如繽紛璀璨的寶石。沿著河岸往來的人們，看起來就像皮影戲裡的人偶。
乳白色的水蒸氣從設有泡腳池的涼亭及馬路兩側的水溝團團冒出，又逐漸飄散在風中。整條馬路籠罩在朦朧水氣裡，俊之騎車時小心翼翼地避免撞到行人。

彷彿穿過一條白茫茫的隧道。每次一騎進水霧中，視線所及全是白色，等脫離之後，溫泉街的景色又在眼前展開。就這樣反反覆覆不曉得幾次，俊之衝進霧氣後，與一道熟悉的人影擦身而過。

那名男子的身形十分纖瘦。

對方垂著頭，看不清長相。

俊之以眼角餘光確認對方的模樣後，猛然剎車，可是自行車沒馬上停下，直到滑出霧氣才終於靜止。

應該是看錯了吧？儘管理智上明白不可能，但佇立在霧氣中的那道人影，很像過世的渡邊秀明。

八成是把體型和站姿相似的人看成渡邊了。俊之依然跨坐在自行車上，回頭凝望著方才穿過的那片霧氣。原本一大團滯留在馬路上的白色霧氣，慢慢向四周散開，後方只有馬路不停往遠處延伸，一個人影也沒有。

下一個就輪到你了。

渡邊的聲音浮現腦海。是他在旅館大廳講恐怖故事時說過的那句話。得知他的死訊前，俊之根本把SHIRAISAN那女人的恐怖故事忘得一乾二淨。然而，如今他真的死了，那個故事頓時讓人一陣毛骨悚然。下一個就輪到你了——這句話忽然感覺很真實。

俊之奮力踩著自行車踏板，決定盡快離開。溫泉街位在山麓的平原地帶，騎過這條觀光街道後，他沿著車流量較大的馬路前進。俊之家所在的住宅區位於高地上，待會開始爬坡，他就得下來推腳踏車。

由於騎得比平常快，俊之有點喘，呼出的氣息變成白色。坡道上有個視野開闊的位置，擺著長椅和自動販賣機供人休憩。俊之決定停車調整呼吸。雪花紛飛，但還不到會弄濕身體的程度。

俊之在自動販賣機買了一瓶冰果汁，低頭望向山麓溫泉街的亮光，休息一下。高中時代的朋友在ＬＩＮＥ上傳了訊息，不是什麼急事，他打算晚點再回。

盯著手機螢幕，俊之忽然想到一件事。那天晚上在旅館大廳聽渡邊秀明講恐怖故事的三位客人，現在怎麼樣了呢？他們會在Facebook或其他社群軟體上提到那一晚的事嗎？真想知道他們的近況。剛才撞見神似渡邊的人影帶來的戰慄還殘留在身上，只要看到三人的發文，確認他們依然平安無事、活得好好的，一定就能將渡邊離世造成的陰霾通通趕跑。

俊之用手指輕點手機螢幕，打開Facebook的應用程式。記得他們是加藤香奈、鈴木和人與富田詠子。先搜尋加藤香奈的名字，出現好幾個熱門帳號，在裡面找到一張眼熟的大頭貼，肯定就是她。輕點一下，打開她的帳號頁面。

在加藤香奈的名字旁邊，出現「緬懷」兩個字。

「咦？」

俊之忍不住驚呼，往下瀏覽她的發文。從留言可知加藤香奈在幾天前過世了。她的親朋好友紛紛留下「R.I.P」、「我不敢相信這是真的」之類的內容。

這是怎麼回事？那天晚上聽渡邊講故事的人，有一個死了。渡邊死了，她也死了。這是巧合嗎？一定是巧合。畢竟渡邊跟她之間幾乎毫無交集，只是在湊壽館大廳講了幾句話而已。

另外兩個人呢？俊之正要搜尋他們的帳號時，身旁自動販賣機發出的亮光驀地變暗。不僅是販賣機，路燈也暗了下來，似乎只有他周遭的陰影變得深濃。難道是這一帶的電力供給不穩定，路燈才忽然變暗嗎？還是心理作用？

鈴！傳來一道類似鈴聲的聲響。

俊之轉頭望向聲源處，剛才推著車走上來的坡道，有個人蹲在那裡。周遭很黑，要非常專心才能看出那是長髮的女人。

鈴！這時，不知道哪裡又傳來鈴聲。

渡邊講的那個恐怖故事，在俊之的腦海復甦。

原本蹲著的女人，緩緩站起身。她的長髮披散在臉孔上，朝俊之所在的位置前進。她起身時長髮飄動的速度極為緩慢，不像現實中該有的情況。或許是這個緣故，俊之感覺置身夢裡。那女人穿著和服，但不到傳統禮服那麼拘束的程度。一身白衣上還披著暗灰色外褂，腳上卻什麼也沒穿。在寒冷的夜裡赤腳出門實在不尋常。垂落的長髮遮掩了長相，不過依然能清楚感受到，有道目光穿透髮絲盯著俊之。

不管三七二十一，先逃再說。俊之跨上自行車，全力踩動踏板，朝反方向的上坡路段前進。雖然是要回家，速度卻快不起來，只有體力不斷消耗。他趕緊轉進平常不會走的平坦小巷，希望把那女人遠遠甩在後頭。他打定主意，一確定脫離危險，就要趕緊找人幫忙，說有可疑人士出沒。如果打電話回家，母親或許會開車來接他。

這一區沒幾幢民宅。道路一側是護欄，能夠飽覽山麓風光，另一側則是長滿雜木林的斜坡。轉進沒有坡度的巷子後，踏板的轉速也提升了，終於成功與那女人拉開距離。俊之一面騎，一面回頭看後方。實在不該回頭的。

沒注意到路旁有一條溝，自行車的前輪掉到溝裡，整輛車翻倒，把俊之的身體甩了出去。肩膀沉沉摔在路面的那一刻，他痛得差點沒辦法呼吸。仰倒在地上，他一時爬不起來，應該沒摔到頭，不過肩膀和後背都痛得要命。

鈴！又響起一道鈴聲。

俊之忍著痛，懷著不敢置信的心情爬起來，往聲音傳來的方向望去。

一個女人站在稍遠處。是剛剛那女人。明明騎車遠遠將她拋在後頭，現在距離卻更近了。那點時間足夠她徒步移動這麼大一段距離嗎？俊之不禁懷疑女人是輕飄飄地飛過天際，才又降落此地。

她與俊之相隔大約十公尺，微弓著背，合十的雙手無力地朝前方下垂。紅線從掌心相黏的雙手垂落，底端繫著鈴鐺。

仔細一瞧，那條紅線貫穿女人的雙手，像用木棒在左右手的掌心鑽出一個孔，再將線穿過去。還來不及想到這樣會很痛，俊之先被這詭異的認知嚇壞了。

得趕快逃。他想站起來，雙腿卻使不上力。不是剛剛跌倒摔疼了，而是太害怕眼前的女人，雙腿彷彿不是自己的，根本不聽使喚。

那女人一直站在原地。

俊之只好用屁股著地的姿勢慢慢後退，盡量離那女人遠一點。希望能去附近的民宅求助，他瞄了一眼後方的情況，沒看見任何民宅的燈光。

視線再次轉向那女人時，情況發生變化。方才佇立原地、動也不動的女人，不知何時又靠近幾步。鈴鐺不停擺盪，發出「鈴」的清脆聲響。她的長髮及衣服下襬也微微晃動，宛如在水底般緩慢、飄然，好似完全不受四周時間的流動束縛。

白色雪花在女人的周遭飛舞。距離縮短，她的長相隱約可辨。女人嘴角有一塊青紫色的瘀血，像是常遭受毆打留下的傷痕，不過俊之更在意的是，她呼出的氣息完全不會變白。俊之吐出的氣息一接觸到外界空氣，立刻就會化為白色，但那女人的嘴巴周圍絲毫沒有那種白煙出現。不知道是她的體溫低得嚇人，還是她根本沒在呼吸。

黑色長髮的縫隙裡，露出她的雙眼。

一條貫穿雙手、繫著鈴鐺的紅線，嘴角的瘀青，雖然令人望而生畏，大腦卻還能理解。赤腳在寒冬中外出，身穿和服蹲在路旁的舉動也一樣，儘管有點奇怪，卻不算脫離現實世界的範疇。

然而，此刻看見的景象，超出俊之所能消化的程度。

那女人的臉上，兩隻眼睛大得離奇，顯然絕非人類，俊之再也忍不住，從肺部深處發出慘叫。

2

脖子有種被勒住的壓迫感，富田詠子醒轉過來。她不知道自己身在何處，只能確定並非在家裡。自家是木造的獨棟民宅，天花板由木板鋪設而成，然而，此刻映入眼簾的是單調的水泥天花板。床頭燈柔和地照亮室內，不知不覺間天黑了。

詠子原本躺在床上，一打算起身，脖子的肌肉就劇烈疼痛，簡直像要裂開一樣，她不由自主地發出呻吟。這時，她才注意到脖子上圍著東西，似乎是避免脖子亂動的固定器。剛才會感到脖子被勒住，想必就是這玩意造成的。

詠子乖乖躺回去，靠轉動視線來觀察周遭的環境，發現這裡應該是醫院。她不明白自己怎會在醫院，剛醒來腦袋還昏昏沉沉，什麼也想不起來。

「富田小姐……」

年輕女性的聲音響起，下一秒，那個人就出現在詠子的視線範圍內。床腳旁有張椅子，她似乎一直坐在那裡。

「太好了，妳醒了。」

那個女生老是盯著地面，印象中名叫山村瑞紀，是香奈大學的朋友。香奈過世時，她在現場。她看著剛醒來的詠子，露出鬆了一口氣的神情。

「我去找護士。」

山村瑞紀拋下這句話，便從詠子的視野中消失。她的腳步聲出了病房，逐漸遠去。詠子一試圖起身，脖子就痛得要命，只好動也不動地躺著。

山村瑞紀帶著兩個人回來，一個是護士，另一個男生的黑眼圈很深，一副沒睡飽的樣子。他的五官與一起打工的朋友和人頗像，是和人的哥哥，鈴木春男。三個人走到詠子看得見的位置。

看到山村瑞紀和鈴木春男並肩站在一塊，詠子的記憶頓時復甦。他們上門造訪的情景，在湊玄溫泉的旅館聽到的恐怖故事，拿繩子綁出一個圈、套進脖子的瞬間，都一一浮現腦海。好像差點就死了，看來是他們救了自己，送到醫院來。

護士詢問詠子：妳現在感覺如何？脖子會痛嗎？手指或腳有辦法動嗎？她開口回答，發出的聲音粗啞，喉嚨好痛。

「請暫時安靜休息。」

護士吩咐後，離開詠子的身旁。

詠子知道護士在病房角落跟山村瑞紀和鈴木春男低聲交談。從零星聽見的片段推測，她是在叮囑兩人避免提起會讓詠子情緒激動的話題。護士走出病房後，鈴木春男率先開口：

「我們有關瓦斯爐，大門也鎖上了。」

「謝……謝謝……」

他把兩張圓椅挪到床邊，坐了下來。山村瑞紀也在另一張椅子坐下。

「富田小姐，如果妳不介意，要不要我去幫妳拿換洗衣物？」

她主動提議。大概是個性內向，她說話時完全沒看向詠子。由於總是垂著目光，她纖長的睫毛格外顯眼。

「拜託……妳了……」

要麻煩才剛認識的人，詠子十分過意不去，可是附近沒有其他親朋好友。雙親已過世，有往來的親戚又都住在鄉下。

「不好……意思……」

詠子對兩人深感抱歉，真的給他們添太多麻煩了。

她不太記得自己是在哪一瞬間決定要上吊，但想死的念頭最近似乎總在腦中縈繞。一方面是兩個好友相繼過世，另外還有其他理由。

從湊玄溫泉回來以後，遇過好幾次無法解釋的奇異現象，令她深感困擾。像是家裡明明只有自己一個人，卻出現別人的氣息。在起居室消磨時間，走廊的地板忽然傳來嘎吱聲，彷彿有人在走動，聲音由遠而近。等她心驚膽顫地探頭往走廊一瞧，卻空無一人。

有一次，忽然感受到他人的目光。詠子在房裡睡覺時，察覺有人盯著自己而醒過來。她望向房門口，發現拉門開了一條細縫，有個人影站在那邊。那道影子悄聲無息地注視著詠子，趁她驚慌不已時，又消失無蹤。

還有一次，屋裡充斥著一股生魚腐爛的臭味。開窗讓空氣流通後，臭味就消失了。不管翻查過幾遍屋裡，都找不出臭味的源頭。

雖然並未造成實際的危害，可是詭異的現象接連發生，逐漸令詠子心力交瘁。不知不覺間，生者與死者的界線逐漸模糊，搞不好會被拉往另一側。得知香奈過世的消息，又收到和人的死訊，詠子隱約想過，自己可能也會死。

最後的致命一擊，大概就是那個恐怖故事。如果在湊玄溫泉聽到的故事，是在散播真正的詛咒，她很快就會跟兩個好友一樣死去。死亡步步逼近的心理壓力，沉重到讓她幾乎崩潰。

「富田小姐……」

鈴木春男開口問：

「妳現在可以說話嗎？如果下次再談比較好，我們今天就先回去。」

「可……以……」

清了清喉嚨，脖子周圍的肌肉痛得像在發燒，詠子不禁皺起臉。冷靜想想，脖子吊起來的時候也可能傷到頸椎，只受了點皮肉傷，簡直是奇蹟。那一瞬間她覺得不如死掉算了，獲救後卻又認為沒有什麼比死亡更恐怖。

「呃，富田小姐……」

這次換山村瑞紀提問。

詠子的目光轉向她，鼓勵她繼續說。

「請問SHIRAISAN是誰？」

聽到她的話，詠子不禁懷疑起自己的耳朵。

應該略過了才對啊。當時明明特別注意，沒說出口。

她怎會知道這個名字？

「富田小姐，昏迷之際，妳喃喃說著『SHIRAISAN要來了』。」

鈴木春男察覺詠子的疑惑，主動解釋道。雖然詠子不記得，但似乎是說溜嘴了。被救下來時，這兩人肯定就陪在意識模糊的她身旁，才會聽到這個名字。她在囈語時，吐出這個名字。

「對……不起……」

詠子不顧喉嚨的疼痛，斷斷續續地說：

「你們……被詛咒了……」

那女人去找過香奈，也去找過和人。

下一個可能就是我——詠子暗忖。

山村瑞紀和鈴木春男都一臉困惑。

這兩個人也一樣，無法置身事外了。

3

間宮冬美目不轉睛地盯著從咖啡杯冉冉上升的白色霧氣。受熱往上飄升的空氣在霧氣的層層包圍下，呈現出一種絲綢般的質感。這杯咖啡店員才剛端上來，還熱騰騰的。

冬美坐在咖啡廳的吧檯座位工作。她將靈感記錄在攤開的筆記本裡，條列出各種設定、情境、出場人物的背景設定。在她聯想到的諸多元素中，會用進故事的只有極小一部分，大部分的靈感會一直在筆記本裡沉睡，最終遭到遺忘，消失在記憶中。向來都是如此。

她輕啜一口咖啡，苦澀的滋味在舌頭上擴散。窗外的橄欖樹搖曳生姿，咖啡廳的庭院灑落一地明亮的陽光。她的劇本都是在家裡用筆記型電腦打出來，但在擬定構想的準備階段，通常會出門去咖啡廳，手寫在筆記本上。

最近接到一份工作，要寫一齣在深夜時段播放的電視劇劇本，初稿的截稿日迫在眉睫，她得加快腳步整理好思緒。整體構想大致完成，剛要休息時，手機收到訊息。

是丈夫間宮幸太傳來的，說工作已結束，在回家的路上。兩人又互傳幾封訊息，決定在咖啡廳會合。不知何時，窗外天空已悄悄被夕陽染紅。

沒多久，一名滿臉鬍碴的瘦削男子走進店裡，提著皮革製的包包，正是冬美的丈夫。那名男子看到冬美坐在吧檯座位，便在她身旁的椅子坐下。

「進度如何？順利嗎？」

丈夫關切地問，又轉頭向吧檯的男店員點了一杯綜合咖啡。

「還行吧。大綱算是定案了，接下來就是要補滿細節。你呢？今天你不是去採訪店家？」

丈夫是文字工作者，冬美記得今天有一個地區性雜誌的編輯，委託他去吉祥寺那一帶的熱門餐飲店採訪。

「今天超倒楣的，我到店裡後，對方說根本沒聽過採訪這件事，把我趕出來。一定是編輯忘記聯絡對方。」

店員端上咖啡，丈夫拿起杯子喝了一口。他的神情十分疲憊，抱怨完又嘆了口氣。他原本想當調查社會案件的採訪記者，但光靠那份薪水無法溫飽，於是透過相熟的編輯接下各式各樣的工作。

二十幾歲時，有段期間冬美參加寫作培訓班。當初冬美是希望精進文筆，卻在那裡認識丈夫，後來兩人開始交往，自然而然地結婚，生下孩子。回過神來，四十大關已逼近眼前，光陰流逝的速度快到令人跟不上。

「這家店最近關門了好一陣子。」

丈夫說一堆編輯的壞話後，環顧咖啡廳。是年輕女性會喜歡的文青風格。他陪冬美來過幾次。

「好像是出事了才會關門。」

「出事？」

「我也是剛剛才知道，聽說店裡死了人。」

冬美先確定店員沒在附近，才低聲回答。

「死了人？」

「只是聽說啦，不過死法很離奇。剛剛在這邊工作時，我湊巧聽到幾個高中女生在聊這件事，她們說店裡有位客人忽然因心臟衰竭過世……而且眼球都破裂了。」

丈夫摸著鬍碴，聽到一半忽然停下手，露出沉思的神情。

外頭天色漸暗，橄欖樹旁的裝飾燈亮起。冬美覺得差不多該去吃晚餐了，便催促丈夫起身。有一家常去的義大利餐廳，去那家就行了吧。

冬美將手臂伸進大衣穿好，圍上圍巾，再去結帳。一踏出店外，發現冬季的夜空掛滿星星。遲遲不見丈夫出來，冬美又轉向咖啡廳，透過門上的玻璃瞧見丈夫站在收銀檯前，遞名片給男店員，跟他交談。

「我想調查妳剛才提到的那件事，下次再來問清楚。」

丈夫從店裡走出來時，留意到冬美詢問的目光，主動解釋道。

這幾年，冬美老是做同一個夢。

跟女兒真央一起在公園玩的夢境。冬美丟球，真央手忙腳亂地接住。那一天的畫面完美地在夢裡重現，幾個小男孩在盪鞦韆，風吹動幾株枝繁葉茂的樹木，灑落枝葉縫隙的陽光隨之晃動……所有細節都與記憶中一模一樣。太過真實，根本不像夢境，眼前女兒燦笑追著球奔跑的身影，充滿生命力，她死去的事實簡直像一個謊言。

「媽媽！爸爸呢？」

真央用力扔出球，開朗地大聲問。

這是夢。是記憶。冬美很清楚。

這只是那一天的情景，只是在夢裡重新回味那段記憶而已。

冬美笑著把球拋回去。

拋回去的瞬間，冬美腦中閃過一個念頭——這時還從未想過真央居然會死。

「爸爸會晚一點來！」

「我知道了！」

真央身上掛的小袋子吊著一個鈴鐺，每當她跳起來，就會發出「鈴、鈴」的清脆聲響。真央終於撿到球，又歪斜著丟出，冬美連忙去撿。等她撿起球，回頭一看，真央已跑向公園入口。

那一天，真央發現父親的身影就跑了起來。她笑容滿面地直奔而出，離開公園的步道，穿過倒U字型鐵管之間的空隙，衝到馬路上。丈夫說當時在馬路對面，沒發現真央跑過來，才會反應不及。

那條路的車流量並不大，是偶爾才有幾輛車經過的雙向單線道。真央大概誤以為不會有車子經過，可惜那天運氣不好，車子來了，就在真央衝出去的那一瞬間。

磅！

撞到真央的是一輛小型卡車。

只是不可思議地，夢中卻換成一輛白色小客車。在完美重現那一天情景的夢境中，只有這個地方不一樣。那輛白色小客車很像丈夫平常開的車。其實，冬美暗自埋怨，如果那一天丈夫不要站在那裡，真央就不會死。真央的死有一部分是丈夫害的。約莫是怪罪他的心情，在夢中用這樣的形式表現出來了吧。

儘管理智上很清楚是在夢裡，冬美仍跟那天一樣，朝倒臥在地上的真央跑過去。那裡瀰漫著白煙。應該是緊急剎車，輪胎劇烈摩擦產生的煙吧？還是，撞到真央後哪裡受損才產生的煙？

白煙中，真央倒臥在車子前，一灘血逐漸擴大。冬美伸手搭上真央的肩膀，搖晃著她的身軀，掌心還能感受到瘦小的骨架。

在那一天的記憶裡，丈夫也跑過來一起呼喊女兒的名字，但在夢裡，他沒出現，取而代之的是，真央睜開眼睛說話了。真不愧是夢境。

「媽媽，我死掉了嗎？」

躺在地上、血流如注的真央，天真無邪地問。

冬美抱起真央的身體，感受懷中的重量，以掌心輕撫她的面頰。

「是呀。妳被車子撞倒，內臟破裂，大血管也破掉，流很多血，所以死掉了。」

「這樣啊。媽媽，對不起。」

「沒關係。妳很快就會醒過來，到時候我們就能再一起生活。沒事的，妳放心睡。晚安。」

真央露出安心的表情，閉上眼睛，恢復成一具普通的屍體。

冬美總是在這裡從夢中醒來。

睜開眼睛時，冬美趴在客廳的桌子上，螢幕黑漆漆的筆記型電腦就擺在前面，看來是工作到一半不小心睡著。她伸手點一下觸控板，螢幕又亮起來，顯示出尚未完成的劇本。

她的肩上蓋著毛毯。背後忽然有聲音傳來，她回過頭，只見丈夫在廚房泡咖啡。

「謝謝你幫我蓋毯子。」

「小心別感冒，不如回房間睡？」

冬美抬頭看一眼時鐘，才發現已半夜兩點。丈夫端起冒著熱氣的馬克杯坐到桌前，身上的西裝飄散出香菸和酒臭味。他沒換衣服，看樣子還沒洗過澡。

「你幾點回來的？」

「剛回來。我去居酒屋進行採訪，結果就搞到這麼晚。」

「去採訪店家嗎？」

「不是。上次不是提到咖啡廳有客人眼睛爆裂過世嗎？我去調查這件事，不小心演變成要請大學生喝酒。」

「怎會這樣？」

「過世的客人是一個大學女生。」

據說名叫加藤香奈。為了打聽她的事，丈夫在大學附近四處問人，湊巧遇上跟她交情好的男學生，便用請客喝酒當交換條件，向對方打探內情。

「那小子說死的不只一個人，還有其他人眼睛爆裂過世，消息已傳得滿天飛。加藤同學在咖啡廳過世前不久，曾跟朋友出去玩，當時一起去旅行的人晚幾天也死了，而且眼睛一樣……」

丈夫在面前做出握拳再張開的動作，表現出眼睛爆裂的樣子。

「醫生診斷兩人的死因都是心臟衰竭。」

「真的是心臟衰竭嗎？該不會是在當地染上什麼奇怪的疾病……」

「加藤同學在Facebook個人頁面上傳旅行時拍的照片，居然是一個我們熟悉的地方。」

「哪裡？」

「湊玄溫泉。」

冬美再熟悉不過了。小時候母親和外婆常帶她去。從老家開車前往只要二十分鐘左右，結婚後兩人每次返鄉，都會繞去泡溫泉。真央也去過幾次。

真央離開後，冬美的母親也過世了，父親則是早就不在，如今老家是無人居住的狀態。

「你如果還打聽到什麼再告訴我，搞不好能拿來當劇本的題材。」

「先讓我寫成報導。」

「當然，我知道啦。」

丈夫看起來幹勁十足，挺好。

夫妻倆偶爾會在深夜這樣閒聊。當雙方都不再說話，遠處城市裡的聲響便傳進耳中，像是汽車的喇叭聲、狗吠聲之類的。回過神才發現，兩人不約而同望著架子上的相框。那是在公園請路人幫忙拍的，全家三人的合照。

曾有人建議「再生一個就好了」，可是由於生產時的併發症，冬美已摘除子宮。不可能再生一個，真央是獨一無二的孩子。

「我先去洗澡睡覺了。」

丈夫站起來，伸個懶腰。

「嗯，你趕快去。我差不多也要睡了。」

冬美闔上筆記型電腦。

她想進入夢境。有真央在的那個夢。

4

儘管事先取得主人的許可，進入別人家依舊令人緊張，感覺自己像個小偷。瑞紀用富田詠子給的鑰匙打開大門。

「打擾了。」

瑞紀按照平日的習慣先打聲招呼，才踏進富田家。富田詠子將希望從家裡拿去醫院的物品，列成一張清單。瑞紀確認清單的內容，一一把東西塞進包包裡。衣服、3C產品、充電器、打發時間用的小說等等，全裝好後，再鎖上大門離開。

她搭公車前往富田詠子所在的醫院，那是位於主要幹道旁的巨大方形建築物。

「謝謝妳，幫我跑這一趟……」

富田詠子坐在床上接過包包，深深低頭道謝。她的喉嚨似乎仍有些不舒服，講話時臉都會皺起來。只是才過一個晚上，氣色倒是恢復不少。她一直吊著點滴，大概是醫生擔心她會營養不良。

這是單人病房，沒有其他住院病患。只要關上門，就聽不見護士往來走廊時發出的腳步聲及交談聲。瑞紀在床畔的圓椅坐下。

「鈴木先生今天怎麼沒跟妳一起來？」

「他想去查一下資料，就是詛咒、都市傳說之類的。」

此刻，鈴木春男應該窩在他就讀的大學圖書館裡。兩人約好如果有什麼新發現，或者發生什麼情況，都要互通消息。

富田詠子說，香奈與鈴木和人可能是聽了有SHIRAISAN那女人登場的恐怖故事，才會不幸死亡。但退一步來想，「詛咒」究竟是什麼？受到詛咒，指的又是怎樣的情況？

富田詠子撩起長鬈髮，嘆了口氣。那副姿態十分吸引人。瑞紀決定開口詢問：

「關於SHIRAISAN，妳是怎麼想的？」

「我怎麼想？妳想問的是……？」

「只要聽到那個恐怖故事，知道那女人的存在後，就會受到詛咒，對吧？但日本全國姓『SHIRAI（白井）』的人那麼多，我認為不太可能光是聽到這個名字就會被詛咒。」

假設世上真有詛咒，而且具備像病毒一樣能夠傳播感染的特性，瑞紀希望先輩清遭受感染的條件。知道SHIRAISAN的存在，到底是指什麼情況？

「光是聽到名字，並不代表知道對方嗎？」

「那個恐怖故事，搞不好需要同時滿足兩項條件才行。」

「富田小姐，妳沒將在旅館聽到的恐怖故事，一字不漏地重新講一次吧？」

「我是按照自己的印象，用自己的話講出來，有些細節應該會不太一樣。」

「換句話說，故事內容多少有點出入，對不對？」

「大方向是一樣的，只是細部描述和人物台詞，我改成比較好講的方式。」

瑞紀陷入沉思。講述者不同使得故事內容出現差異時，可容忍的誤差範圍有多大？這個故事的意圖是告訴對方SHIRAISAN的存在，但每一次講述必定會產生細微的變化，逐漸偏離初始的版本。故事與原始版本的差異大到什麼程度，詛咒的傳播性才會消失？瑞紀認為值得好好思考。

「這麼說來，可能透過什麼徵兆，知道自己遭到詛咒了嗎？」

瑞紀將心中的疑問說出口，富田詠子似乎想起什麼。

「從溫泉鄉回來後，我在家裡遇過一些奇怪的事。雖然可能算不上徵兆，但說不定有關係……」

她一一描述那些詭異現象，像是察覺到其他人的氣息和視線，還有不明原因的惡臭。瑞紀將這些內容全寫進筆記本。

「我真的嚇死了，感覺快瘋掉。」

「以前沒發生過這種情況嗎？」

「沒有，從來沒有。」

富田詠子的這些話，應該就是確定遭到詛咒的重要憑據，得告訴鈴木春男才行。如今，瑞紀和他等於是命運共同體。既然在同一時間、同一狀況下聽到SHIRAISAN的故事，最好互相分享所有資訊。

「山村同學，妳是不是不喜歡與別人對上眼？」

富田詠子忽然發問。

「對，我覺得很尷尬，不太敢看著別人說話。」

瑞紀回答時並未抬頭，依然牢牢盯著筆記本。

「我還曾因為這樣被餐飲店解僱，老闆嫌我態度不夠親切。」

後來，瑞紀與富田詠子閒聊。跟詛咒、人的生死無關，只隨意談著天氣、喜歡的漫畫，或愛貓還是愛狗之類的話題。

「住院實在無聊，妳要再來看我喔。」

「好。」

她在瑞紀準備離開時提出請求，瑞紀答應了。以防萬一，富田詠子必須住院幾天，觀察傷勢恢復的情形。瑞紀朝她點個頭，便踏出病房。

隔天，遠離東京都心的靜謐小鎮上，舉行了香奈的喪禮。瑞紀先搭電車再轉公車，下車後很快就抵達會場。會場裡有許多身穿喪服的長輩，應該是香奈的親戚，也有不少跟瑞紀年紀相仿的男男女女。幾乎沒人講話，只聽見低泣聲。

會場正前方掛著香奈的照片，前面擺著棺木，香奈的遺體應該就在裡頭，只是蓋子已闔上，看不見她。場內的椅子擺放得十分整齊，瑞紀挑了最後一排、最角落的位置坐下。

僧侶入場後，就坐在棺木前方。誦經開始，僧侶徐緩沉穩的聲音在整個會場中迴盪。

過去與香奈相處的點點滴滴浮現腦海，瑞紀拿手帕抹了抹眼角，忽然有人從後方經過，背部感受到空氣的震動。瑞紀以眼角餘光捕捉那個人的舉動。

看不清臉，但感覺有點奇怪。

對方居然穿著淺粉紅色的衣服。沒看過有人在喪禮上一身粉紅色。

參加喪禮的賓客眾多，全坐在場內的椅子上。那個人沒發出腳步聲，繞著整齊排列的椅子移動，在與瑞紀相對的另一側最旁邊坐下。從瑞紀的位置看不太到那個人，只是偶爾會從身穿喪服、低垂著頭的賓客肩膀或後背的間隙，瞥見輕飄飄的淺粉紅色衣服一角。在滿是喪服、黑壓壓一片的會場裡十分顯眼，卻沒有其他賓客注意到那個人，真不可思議。

誦經暫時告一段落。直到朗讀完追思文，才又再次響起誦經聲。

一段時間後，瑞紀環顧四周，那個粉紅色裝扮的人已不見蹤影，大概離開了吧。

在僧侶的指示下，燒香儀式開始。首先是擔任喪主的香奈父親，接著是家人、親戚，以及來弔喪的賓客。一次一個人走到棺木前，輕輕在香爐裡撒下一小撮抹香。

看到香奈父母的神情，瑞紀的胸口一緊。伯父昂然抬頭，頂著哭腫的雙眼一一向結束燒香的賓客道謝。伯母神情憔悴，始終低著頭哭泣。從長相一眼就能看出他們是香奈的父母，香奈長得跟雙方都很像。

輪到瑞紀了。她走到棺木前，纏著繃帶的左手掛著念珠，低頭行禮，供上一撮抹香。棺木上設有讓人看清臉龐的小窗，此時卻是闔上的，應該是伯父伯母認為這樣較為妥當。

香奈過世時的情景浮現腦海。她倒在地上不再動彈，瑞紀伸手搖晃她的肩膀，把她翻過來，看見她的臉。眼球裂成碎片四散在地板上，而她的臉上，只剩下兩個鮮紅血肉形成的凹洞。

「妳還好嗎？」

在有人出聲前，瑞紀都沒發現自己雙手掩面、僵立在燒香台前。主動關切的人是香奈的父親。他看見瑞紀後，露出詫異的神情。想必是注意到她就是目睹女兒過世的那個朋友吧？

「失禮了……」

瑞紀勉強擠出一句話，便逃也似地快步離開。她之前思考過，是否有義務向香奈的父母說明她過世時的情況，但現在沒辦法，自己還沒辦法有條有理地敘述一切。

走出會場，搭上公車，瑞紀恍惚地看著窗外遼闊的市郊風光，行道樹的葉子都落光了，看起來好冷。

冷靜下來後，瑞紀才發現左手的傷口陣陣發疼。那一天，香奈的指甲抓出的傷痕遲遲沒癒合，偶爾仍會滲出血。

疼痛喚醒了記憶，瑞紀忽然想起一件事。由於極力避免去回想香奈過世那天的情景，剛剛沒反應過來，但香奈在世最後一天，身上穿的也是淺粉紅色的衣服。

5

必須清空和人的住處了。請搬家公司報價後，春男和父親兩個人一起動手打包。弟弟就讀東大時使用的教科書和講義都放在書架上，父親裝進箱裡，一邊說：

「對了，我接到一通電話，對方想問和人的事。」

「怎麼回事？誰打來的？」

「對方自稱是出版社的記者。」

聽父親說話時，春男忙著用報紙將廚房裡的餐具一件件包好，放進箱子。可能是弟弟的死法太過特殊，引起媒體的注意。

「我拒絕受訪了。」

「嗯，這樣比較好。」

和人一個人住，東西相對少。中午著手整理，晚上就差不多清完。冬季柔和的陽光從窗簾拉開的窗戶斜斜透進屋內，春男不禁想像起，和人住在這裡時過著怎樣的生活。

兩天前，春男和山村瑞紀一同造訪富田詠子的住處。救下上吊的女生、打電話叫救護車，當然是驚心動魄的遭遇，只是跟親眼目睹弟弟遺體的衝擊相比，就都不算什麼了。

對……不起……

你們……被詛咒了……

富田詠子的話語閃過腦海。她認為害死和人的，多半就是詛咒。這種想法一點都不科學，不過春男對於鬼神抱持寬容的態度，就算世上有超越人類智慧所能理解的事物也不足為奇。

和人臨死前，在只有他一個人的屋裡大喊「不要過來」。說不定那天晚上，富田詠子講述的故事裡，那眼睛大得離奇的女人就站在弟弟面前。

春男停下裝箱的動作，轉頭望向和人斷氣的地方。噴濺在牆壁與地板上的血跡與肉屑，已有專人打掃乾淨，但當時的情景和血腥味依然清晰地留在記憶中，一股無處排解的苦悶堵在胸口。

「Memento mori，勿忘你終有一死嗎……？沒想到和人居然會看這麼深奧的書。」

父親在床上坐下，翻開一本書。那似乎是有關生死學的書。從書架上抽出的書成堆擺在紙箱四周，幾乎都是些書名看起來就很艱深的學術書或小說，漫畫倒是不多。

父親神情落寞地翻閱書頁。和人死後，父親不曾因這場天降橫禍激動咒罵，也不曾哭哭啼啼，但他並非不悲傷。父親從以前就是如此，泰山崩於前而色不改，無論對什麼事都淡淡的。或許是母親過世時，他的眼淚就流乾了吧。

「媽媽過世時是什麼情況？」

「你不記得啦。倒也難怪，那時你還小。」

父親闔上書，目光轉向春男。那雙眼睛沉穩一如大象或鯨魚。

「重要的人過世，有一個好處，你知道是什麼嗎？」

「好處？怎麼可能有好處……」

深愛的人過世，就是場悲劇，不可能有什麼正面意義。

父親的神情含笑，同時帶著一絲悲傷。

「就是死亡變得不再可怕。一想到她超越對死亡的恐懼，去到另一個世界，不知為何，我就覺得死亡其實沒什麼大不了。」

父親說完便轉過身，繼續把和人的書裝進紙箱。他細心地將每一本書封面上沾染的灰塵拍掉，才放進箱內。望著他慢條斯理的動作，春男忽然明白，他正用自己的方式悼念和人，胸口不禁一陣酸楚。

餐具打包完，春男開始收拾書桌。整理到抽屜中的物品時，似曾相識的手表映入眼底。銀色盤面，皮革表帶，指針式設計的手表。那是和人滿二十歲時，春男送給他的。這支手表並不特別昂貴，但和人總是戴著。上次過年回家時，他也戴著這支手表，連穿書店制服跟加藤香奈和富田詠子合照，也不例外。即使主人不在了，手表上的指針依然一格一格轉動著。

要是更常跟和人聯絡就好了。如果經常打電話找他說話就好了，即使他嫌嘍嗦也無所謂。此刻，懊悔不斷湧上春男的心頭。

「對了，你昨天是不是和一個女人在一起？」

父親拿封箱膠帶貼住紙箱，一邊問。

「女人？」

「今天早上朋友來慰問我，提到昨天在街上看見你跟一個女人在一起。」

應該是山村瑞紀吧？大概是兩人走在一起時被看見了。

「你交女朋友嘍？」

「沒有啦，只是朋友。」

春男回答時，腦海浮現山村瑞紀的模樣。她的五官端正，甚至散發著一種白鹿般神祕的氣質。只是，搞不好她連春男長怎樣都記不清楚，畢竟兩人幾乎沒對看過。春男不認為自己映在她的視網膜上的秒數，足以讓她記得自己的長相。

想到這裡，春男才發現父親的話不太對勁。

「昨天？你朋友是說昨天，不是前天嗎？」

「嗯，昨天。昨天傍晚，他說當時在開車，看到你在等平交道。」

春男與山村瑞紀一起去富田詠子家，是前天的事。昨天根本沒和她碰面，春男獨自去大學圖書館找資料。

「昨天我都是一個人行動，他看錯了吧。該不會是我在等平交道時，他把旁邊不認識的女人看成是跟我在一起了吧？」

昨天傍晚離開學校，前往車站的路上，由於需要穿越鐵軌，春男的確曾停下來等平交道……

「害我還期待了一下，想說你終於有對象。原來如此，只是看錯了。」

多管閒事。

春男正要這麼抗議時，父親不經意地補上一段話。

我朋友還這麼描述。

那女人一直靠在你身上。

像連體嬰似地，緊貼你的後背站著。

6

瑞紀決定回家煮晚餐。今天想烤鯖魚來吃，於是她先繞去附近的超市買菜。穿過公寓入口，按下電梯的按鈕。等電梯時，她低頭滑手機，稍微瀏覽一下社群軟體。

有個不認識的人傳訊息來，自稱是雜誌記者，表示想採訪香奈過世的細節。瑞紀當然不打算同意，正在思考該怎麼拒絕時，電梯來了，她便走進去。

瑞紀住的一房一廳公寓，是當初剛上東京時，跟父母一起挑選的。房租、水電網路費、大學學費等支出，全由父母負擔。她心裡很清楚，能專心讀書不必擔心生活開銷，自己算是非常幸運，有的同學必須打工賺取房租。

瑞紀老家所在的地區，要搭乘北陸新幹線朝日本海方向移動。家人感情融洽，她一年會回去好幾趟。每次回去，親戚聚在一塊聊天時，叔叔和阿姨常會說：

「真沒想到瑞紀會跑到東京。」

大家似乎都認為，瑞紀會在當地過著悠閒又純樸的生活，與親戚介紹的男子相親結婚，然後在老家附近定居。大概是親戚聚會時她總是低著頭，才會給別人這種觀感。看起來，她就不像會選擇東京那種人潮眾多的大城市生活的類型。

當初瑞紀決定報考東京的大學，是認為繼續留在老家，很可能會落得找不到工作的下場。而且能住在老家、每天搭車去上學的距離內，找不到學校有瑞紀想念的理工科學系，既然得一個人住，不如去有更多選擇的東京。

這輩子大概都會一個人過活吧，瑞紀隱約這麼認為。根本沒辦法想像跟另一個人結婚，在法律上成為被扶養者。既然如此，需要一份穩定的工作，為退休後的生活儲蓄。所以一定得拿到學歷。

只是，事情沒那麼順利，開始一個人住後，瑞紀的自信心就動搖了。原本想著父母已幫忙出房租和水電費，伙食費、手機費及其他雜費就自己賺吧，不料每份打工她都做不久。不善直視對方眼睛說話的缺點頻頻扯後腿，不僅難以與同事建立良好的關係，還常被同事在背地裡說閒話，處境益發艱難，最後只能辭職。

在學校也交不到要好的朋友，瑞紀才發現自己比原先以為的更沒用，一直很沮喪。在那樣的人生谷底，她遇見香奈。在地下鐵列車上遭色狼騷擾，幾乎要對東京徹底絕望時，是香奈救了瑞紀。

「瑞紀，妳為什麼沒辦法看著別人的眼睛說話？以前有過不好的經驗嗎？」

兩人熟絡起來，過一陣子，香奈主動問。

「沒什麼特別的原因。」

「不可能沒有原因吧。會不會是小時候受到霸凌，才不敢跟別人對視？」

「我沒受過霸凌。我在班上都像空氣一樣，超沒存在感。」

「或是看到巴克貝亞德的圖片，開始做惡夢？」

「漫畫《鬼太郎》裡的角色？我很喜歡巴克貝亞德的造型耶。」

巴克貝亞德是一種妖怪，形體是一顆巨大的眼睛，全身都是黑色，長著放射狀、宛如樹枝的觸鬚。傳聞被它一瞪，就會嚴重暈眩。

「聽說我這種情況叫『視線恐懼症』。我剛上幼稚園就有這種傾向，還曾有老師擔心我是發展遲緩。」

我的視線會不會令對方不愉快？這種擔憂使得瑞紀無法坦然正視對方。

「應該去治療比較好嗎？」

「不會啊，現在這樣也沒關係。」

香奈的回答令人意外。

「瑞紀，做自己就好，我喜歡總是垂著目光的瑞紀喔。」

瑞紀在煮菜時想起香奈，所以她才會出現吧。

瑞紀連明天早餐也一併做了。鍋子上煮著馬鈴薯燉肉，用烤盤烤鯖魚時，又弄好涼拌波菜和味噌湯。回過神來，才發現烤盤在冒煙，魚燒焦了。於是慌忙關火，匆匆開啟換氣扇。

就在那時，瑞紀察覺一道視線。真奇怪，居然會感覺到視線，明明她已沒有眼睛。

瑞紀回過頭，發現香奈站在身後，穿著淺粉紅色的衣服，跟她過世時身上的那件一樣。

瑞紀駭然，頓時雙腿發軟。香奈沒有眼睛，也沒有淡褐色瞳孔和眼白，就是那天眼睛爆開、噴散到咖啡廳地板後的狀態。她嘴巴半開，臉上彷彿有三個幽暗的凹洞。

換氣扇吸取煙霧的聲音響起，香奈突然又消失。搞不清她是瞬間消失，還是漸漸消失。瑞紀連眨都沒眨一下眼，卻不曉得她是何時消失，只知道此刻屋內僅有自己一個人，而且瀰漫著鯖魚烤焦的臭味。

雙腿忍不住發抖，瑞紀實在站不住，趕緊往椅子坐下，大口深呼吸，心臟跳得極快，幾乎要爆炸。

那是大腦製造出來的幻覺，還是靈異現象？香奈的臉上看不出一絲情感，只剩凹陷的眼窩和半開的嘴巴。那副模樣既像是在哀嘆，也像在質問瑞紀：

妳爲什麼放手？

瀕死之際，香奈求救似地朝瑞紀伸出手，然而她卻揮開了。瑞紀總覺得香奈在責怪她，不禁心生畏懼。

她拿起手機，打給鈴木春男。這是出於一種必須向他報告的責任感。

「晚安，我是鈴木，怎麼了？」

電話很快就通了，瑞紀發現他的聲音一傳進耳裡，恐懼迅速被撫平。

「剛才……發生一件奇怪的事。」
「奇怪的事？」
「我看到香奈了。」
「在哪裡？」
「在我家。煮菜時，她就站在我後面。」
述說方才發生的情況時，瑞紀的心情慢慢平復。她忽然發現，只要有人願意聽自己傾訴，就會感到安心。
同時，想到待會掛掉電話後，又是一個人待在屋裡，瑞紀再度不安起來。本來瑞紀挺喜歡獨自消磨時間，但此刻真的很需要有人陪伴。
瞥見煮到一半的晚餐，她鼓起勇氣詢問：
「呃……你吃晚餐了嗎？如果還沒，要不要來我家一起吃？」
手機彼端陷入沉默，對方應該是在思考。
「如果你吃過了，就當我沒問。」
「不，還沒，我過去找妳。」
或許是瑞紀的語氣洩漏內心的不安，他決定過來。聽他說跟瑞紀家只差幾站，大概二十分鐘就能趕到，瑞紀有些歉疚。

她動手收拾屋裡，把菜煮好，又用ＬＩＮＥ傳地址過去。沒多久，門鈴響起，一打開門，鈴木春男就站在外頭。瑞紀拿預先準備的拖鞋給他，再領他走進屋裡。

「歡迎，請進。」

「打擾了。」

這是瑞紀第一次讓家人以外的人進到住處，雖然有點緊張，但更多的是安心。萬一香奈待會又出現，至少有人分擔恐懼，而且說不定人變多，靈異現象發生的機率就會降低。

請環顧四周的鈴木春男坐下後，瑞紀一邊跟他交談，一邊把飯菜端上桌。

「香奈剛才出現在哪邊？」

「這裡。她還穿著過世時的那套衣服。」

「她只是站著嗎？」

「對，只是一直盯著我。不過她沒有眼睛，這種講法有點奇怪。」

瑞紀遲疑著不知是否該端出烤魚，外觀燒焦，但應該勉強能吃。算了，就吃吧。她從爐上取出烤魚，擺進盤裡放上餐桌。

「我想應該不是幻覺，富田小姐提過，自從聽了SHIRAISAN的故事，家裡常出現奇怪的現象。」

「搞不好是為了先削弱我們的心智。」

「削弱？」

「先用各種小型靈異現象讓對方精神耗弱，最後再給予致命一擊。搞不好和人與香奈之前也遇過類似的靈異現象。」

兩人面對面坐在桌旁，開始用餐。各自說了聲「我開動了」後，便將飯菜夾進口中。白飯、味噌湯、涼拌菠菜、馬鈴薯燉肉和烤魚。

瑞紀最怕跟別人對坐，這次實在沒辦法，桌子不大，容不下兩人並坐。擺好盛著兩人份料裡的盤子後，要坐斜對角也十分勉強。

「很好吃。」

「謝謝。」

「對了，之前我去學校的圖書館查資料。」

「有什麼發現嗎？」

「沒有，一無所獲……不過對妖怪多了一些認識。」

「妖怪？」

「我找了一下有沒有其他相似的傳說或民間故事，像是走在路上，背後有來自異界的怪物尾隨之類的。」

「那有找到嗎？」

「柳田國男寫過一篇關於『足音先生』的民間傳說，當一個人獨自走在路上，聽到有誰在後頭跟著的腳步聲，只要說『足音先生，請您先走』，腳步聲就會漸漸消失。類似的故事在日本各地都有，比如山形鄉下版的『足音先生』……抱歉，是不是很無聊？」

「不會，我覺得挺有趣。」

瑞紀搖頭，鈴木春男放下心來，繼續說。

最後他似乎沒找到與SHIRAISAN具備共同要素的傳說，不過他描述的內容引起瑞紀的好奇。

「我還找了一下有沒有妖怪的特徵跟SHIRAISAN類似。」

「記得是一個眼睛大得離奇的女人，對吧？」

「十分遺憾，這方面也沒找到有用的資訊。跟眼睛有關的傳說裡，妖怪通常都不是大眼睛，而是只有一個眼睛，譬如『獨眼小僧』和『大太法師』。」

「『大太法師』也只有一個眼睛嗎？」

「流傳下來的妖怪畫像很多都畫著兩隻眼睛，但有文獻記載只有一隻眼睛。對了，日本神話中出現的『天目一箇神』和『天津麻羅』也只有一隻眼睛。」

「出乎意料還挺多的。」

「而且，全跟煉鐵有關。『天目一箇神』和『天津麻羅』，就是煉鐵和打鐵的神明。」

「『獨眼小僧』和『大太法師』也跟煉鐵有關嗎？』」

「有民俗學者這麼主張。吉卜力動畫《魔法公主》不是有在山中煉鐵的場景嗎？據說那種吹踏鞴（踩風箱）煉鐵的工匠中，許多人因為一直盯著火爐，喪失了視力。」

以前在山裡煉鐵的那群人，偶爾會到山麓的村莊與村民交流。村民視他們為山間居民，認為他們不是同類，時而畏懼，時而尊敬，不知不覺將他們神格化，變成傳說中的神明或妖怪。

「不是有所謂的山岳信仰嗎？在找這方面的資料時，我才體會到古代的人對山抱持多深的敬畏。」

「你找了好多資料，真是辛苦了。」

「只是白忙一場。我連大眼睛的妖怪或傳說都找了，還是什麼也沒查到。」

「巴克貝亞德呢？只有一個眼睛，又大得離譜。」

瑞紀吃著味噌湯裡的豆腐，一邊問。

「那是水木茂老師創作出來的西洋妖怪首領。」

「不是從以前就有的妖怪嗎？」

「有人說是參考攝影家內藤正敏的作品《新宿幻景・CHIMERA》塑造的，還有一種說法是，這些都源自奧迪隆・魯東的畫作《Eye-Balloon》。不過我比較驚訝的是……瑞紀，妳居然知道巴克貝亞德。」

瑞紀注意到他直呼自己的名字，卻自然地接受，並不會覺得不自在。他則是太專心講話，根本沒注意到這種小細節。

「我和香奈以前也聊過巴克貝亞德。」

「人生中會有和別人聊巴克貝亞德的時候嗎？」

「有啊，今天就是第二次了。」

「香奈是怎樣的人？妳是上大學後才認識她吧？」

「對。在電車上遇到色狼時，她救了我。她大聲制止對方，揪出色狼交給站員。我一直想成為香奈那樣的人。後來我們會在學校聊天，雖然科系不同，但我在社群網站上的發文，她常會回應。」

「幫妳按『讚』嗎？」

「香奈死後，可能就沒人會幫我的發文按『讚』了。」

「不如我來幫妳按吧？」

「那就拜託你……算了。」

「妳是想，還是不想？」

「怎麼說……這種事不該拜託別人吧。」

「也對。不過，這就是一種確認吧。確認。讓對方知道，我有在關心妳喔。」

兩人四目相交。

太不好意思了，瑞紀立刻別開眼。

不用看都能感到雙頰熱了起來。

「哈，原來如此。」

接著，兩人同時把筷子伸向烤焦的鯖魚。剛才一直不自覺地避免去吃鯖魚。瑞紀判斷勉強能吃的鯖魚一擺到餐桌上，外觀看起來還是不太妙。一夾入口中，兩人臉上都浮現微笑。

「抱歉，很苦吧？」

「嗯，一點點。」

「真的太焦了……」

融洽的時光緩緩流逝，吃完飯後，鈴木春男道過謝就回去了，屋裡又剩下瑞紀一個人，然而，原先的恐懼卻不可思議地完全消失。屋裡仍能感受到方才的溫暖，簡直像是留存了活生生的人與生俱來的正面能量。那股能量彷彿能夠趕跑所有不祥的事物。

7

吃完醫院提供的簡單晚餐，富田詠子決定在病房中寫信，信紙和郵票都是從小賣部買來的。這時，護士恰好走進病房，便問詠子：

「妳在寫什麼？」

「遺書。」

「富田小姐！」

「開玩笑的。」

「真是敗給妳了……」

護士離開後，她重讀寫好的信。

山村瑞紀小姐：

謝謝妳上次幫忙去我家拿換洗衣物和其他東西。託妳的福，我在住院期間才能舒適度日。

眞的給你們添麻煩了。我寫這封信，是想再次爲那天的事鄭重道歉。居然在客人來訪時自殺，現在回想，我肯定是著魔了。

前幾天提過，兩位來我家的那陣子，我因家裡常發生奇怪的現象而精神耗弱，我切身感受到死亡如影隨形，有一半的自己被拉到另一個世界。不過，其實不只是這樣而已。

那天講恐怖故事時，爲了避免兩位遭到詛咒，我在結尾隱去那女人的名字，但心中的負面情感急遽膨脹。如果香奈與和人眞是聽了那個恐怖故事而死，我也逃不了。怎會陷入這種困境？我無奈又氣惱，不禁想著，如果把其他人一起拖進來，就不會孤立無援了……

於是我萌生一個念頭：要不要把SHIRAISAN這個名字告訴你們，讓你們陪我一起待在險境裡？但我的理智很清楚不該這麼做，殘存的良心認爲必須搶在說出口前自絕性命，才會有那種舉動。眞抱歉，結果我只是白忙一場。

如果你們找到因應詛咒的方法，請告訴我。我很好奇在湊玄溫泉的湊壽館裡講恐怖故事的那男人的現況。他的工作圍裙上印著地酒的品牌標誌，可能是酒類批發店的員工，我擔心他會告訴別人那個故事。

最後，麻煩妳向和人的哥哥轉達我的歉意。

詠子知道山村瑞紀的住址，前幾天趁她來探病詢問過。埋首修改文句，一下就到熄燈時間，詠子想在今天內把信丟進郵筒，於是走出病房。點滴早已拔掉，她可以自由行動。

詠子搭電梯到一樓。門診時間已過，一個來看診的病人也沒有，走道上空蕩蕩。從後門出去，她被夜風中的寒意嚇一跳。說起來，住院後這是第一次到外頭。橘黃燈光照亮醫院的腹地，她四處找尋郵筒，冷到肩膀不停發抖，於是暗想，再沒看到就找人問一下吧。幸好走出醫院後，隨即在路旁看到紅色郵筒。將信投進去，她便返回醫院。

醫院裡四處都是陰森的暗影，詠子的腳步聲經過牆壁反射、回彈，彷彿有好幾道足音重疊在一起。連她清了下喉嚨，聲波也是先傳到遠處牆壁再彈回來，遲了片刻才聽到「咳咳」的聲音，彷彿空間裡有其他人，感覺十分詭異。

搭電梯到病房那一層時，電燈似乎閃爍一下，像有龐然大物站在背後，用大手瞬間覆蓋詠子的臉。

不過，那大概是心理作用，詠子的身後一個人也沒有，老舊的電燈也沒忽明忽暗。

抵達目標樓層，詠子踏出電梯，門闔上的沉重聲響，迴盪在偌大的空間中。

一走進長廊，她不禁停下腳步。

方才出去寄信時也曾經過這條走廊，現在看起來卻更為昏暗。天花板上的日光燈明明亮著，空間裡卻彷彿籠罩著一層濃濃的黑影。在醫院特有的藥水味中，摻雜著食物腐敗的臭味。從整排病房門的另一頭，傳來啜泣聲及詛咒似的低喃聲。那些住院的病人心裡不安，睡不著覺嗎？

真的不對勁，空氣沉甸甸地壓在身上，胳臂和腳踝好似被無數看不見的手纏住，整個人動彈不得。

這時，詠子注意到走廊遠處有一團影子。凝神細看，發現是一個長髮女人正站起身。那女人穿著和服，臉孔隱沒在陰影中，看不清楚。女人只是站起來，並未靠近，但瞥見那道身影的瞬間，一股惡寒竄過全身。詠子心裡驚駭莫名，渾身冒出雞皮疙瘩，不住發顫。那種感覺就像是，一個不該存在於世上的東西，此刻竟站在那裡。

詠子的背後響起開門聲。

士。

她回過頭，跟從護理站走出來的護士四目相對。是這幾天認識的女護士。

「富田小姐，熄燈時間快到嘍。」

護士搭話的神色極為正常。她的態度令詠子十分困惑，難道只有自己覺得走廊比平常昏暗，空氣也異常沉重嗎？

「呃……那裡有一個人……」

詠子的視線轉回走廊深處。

鈴！響起一道聲音。

女人不知何時靠近了，好像是在詠子轉回目光的瞬間停下腳步，距離縮短了一半。詠子注意到有個鈴鐺從她的手中垂下來。

詠子倒抽一口氣。那條繫著鈴鐺的紅線，居然是從女人雙手的手背伸出來。那女人合十的雙手無力地朝身體前方歪斜，而繫著鈴鐺的紅線貫穿手背上鑽的洞。

腦中警鈴大作，必須立刻逃走。家裡之前發生的那些奇怪現象，和眼前的女人相比，簡直像是小朋友的惡作劇。出現在眼前的「女人」，感覺是各種怨念及陰影匯聚、凝縮而成的形體。

「富田小姐，妳怎麼了？」

護士走近。

詠子回頭問：

「有人。喏，就在那裡。妳看不見嗎？」

她瞥了護士一眼，隨即將視線轉回女人的身上。

沒想到女人的身體大了一圈。女人又靠近了，距離比剛剛再縮短一半。鈴鐺在半空中晃呀晃的。

女人的身體劇烈搖晃，傾斜到差點要跪倒，但她踩穩腳步，面向詠子。

女人的黑色長髮披垂在面前，從髮絲的縫隙能夠隱約看到她的長相。詠子不敢相信自己看到什麼。整張臉全被眼睛占據——那女人的眼睛大到給人這種錯覺。她絕非人類。

「富田小姐，妳沒事吧？」

護士的話聲響起。她果然看不見。從語調就能聽出，她只是為詠子不尋常的反應擔心。

詠子轉過身，拔腿就跑。無論如何都要離開這裡，先拉開距離再說。她衝下一旁的階梯，將護士的呼喚聲遠遠拋在腦後。

往下跑一個樓層，躲在走廊與休息區交界的陰影裡。心臟怦怦直跳，彷彿快爆炸。剛剛那是什麼？詠子不停自問自答，整個人幾乎喘不過氣，思緒也一片混亂。驀地，那男生在旅館大廳講的故事閃過腦海。

「妳到底是誰？」男人問。

於是，女人報上名字：「我是SHIRAISAN。」

男人反問：「SHIRAISAN？」

女人回答：「嗯，對。我會追捕知道我的人，然後殺了他。」

剛才肯定就是那女人。詠子十分確信。那女人去找過香奈，去找過和人，這次要來找我了……詠子縮著身體躲在陰影裡，緊緊抱住膝蓋。

腳步聲響起。

有人在下樓。

絕對不能發出任何聲響。詠子屏住呼吸，閉上雙眼，緊張得差點要昏倒。沒想到，傳進耳裡的卻是護士的呼喚聲。

「富田小姐，妳在哪裡？我們一起回病房吧。」

詠子打心底鬆了一口氣。聽起來，下樓追來的是剛才那名護士。
詠子從陰影處悄悄探出頭，查看樓梯附近的情況。
沒瞧見那名護士，反而看到那女人。
她透過長髮的縫隙，直盯著詠子。
「富田小姐，妳在哪裡？我們一起回病房吧。」
女人半開的口中，發出與護士一模一樣的聲音。她的下巴連動都沒動，聲音是從兩片嘴唇中間，微小又幽暗的空隙深處傳出。
「富田小姐，妳在哪裡？我們一起回病房吧。」
詠子轉身狂奔。穿過與另一棟病房大樓相連的走道，再衝過轉角，她一心只想趕快往前跑。她嚇到簡直要瘋了。不管離那女人有多遠，都沒辦法放心。在放射線治療室前，她絆到腳，摔倒在地。
鈴！背後響起鈴聲。
詠子怕到不敢回頭，四肢並用往前爬。
鈴！鈴聲來到正後方。
恐懼讓身體不聽使喚，藉著眼角餘光，詠子發現那女人就站在腳邊，低頭看著她。

詠子失聲尖叫，一個無法理解的東西直盯著她，理智無法承受這種情況。詠子的叫聲在醫院走廊上不斷回響。

女人不再靠近。距離已近到伸出手就能碰到詠子，根本不必再往前。女人彎下腰，將垂掛著鈴鐺的雙手和臉挨近詠子。女人嘴邊布滿無數瘀青，嘴角彷彿裂開了。乍看像是人類的臉，只是兩隻眼睛占的比例遠遠超過人類。女人的臉近在咫尺，那對黑瞳占滿詠子的視野。下一瞬間，詠子的雙眼爆裂，碎成肉屑，慘叫聲戛然而止。醫院又恢復安靜。

第三章

1

一九五五年，當時十歲的溝呂木弦住在近畿地區的鄉下，他家後面就是山，庭院環繞在雜木林之中。某個炎炎夏日，溝呂木獨自在院子裡玩球時，忽然察覺雜木林深處有道目光。

「是誰？」

他出聲詢問後，茂盛的草木被撥開，一名年紀相仿的少年走出來。雜木林另一頭就是山，少年似乎是從山上下來，臉龐黝黑，不知是日曬還是弄髒的，只有眼白的部分亮晃晃，身上衣物破爛不堪，還有幾個大洞。少年興味盎然地盯著溝呂木手中的球。

「你要一起玩嗎？」

少年沒回話，但約莫明白他的意思，訝異地點頭。那天，他和少年一直玩到晚飯時間。

夕陽染紅天空之際，溝呂木的母親走出來呼喊「差不多該回家嘍」。他應了聲，再回頭一看，少年已消失蹤影。雜木林的樹枝左右擺盪，溝呂木明白少年是察覺到他母親來了，於是慌忙離開。

晚餐時，溝呂木向父親提起這件事。父親說「那大概是山上人家的小孩」，又說日本從以前就有一群人靜悄悄地在山裡生活，他們四處遊蕩，靠狩獵及採集為生，偶爾會下山到村裡來兜售竹製器具。二次大戰結束後，由於徹底推動全國戶口登記的緣故，越來越難看到他們，彷彿逐漸消聲匿跡。跟溝呂木一起玩的少年，或許是碩果僅存的山地居民後代。雖然對方也可能只是普通的蹺家少年，但父親當時的那番話，決定了溝呂木未來的人生道路。

一九六〇年代，溝呂木在讀大學時發表了研究山地居民的論文，並對土著的信仰及婚喪喜慶的儀式深感興趣，走訪全國各地，四處調查。之後雖然結婚，但並無子女。

溝呂木在五十五歲左右辭去大學教職，搬到妻子的老家，專心寫書。妻子的老家位在F縣Y市，附近有座湊玄溫泉，正好適合養老。

他才搬去沒多久，便與鄰居小朋友打成一片，不僅會邀請他們來家裡玩，還任由他們翻閱書架上的各種書籍。溝呂木的書架上不光擺著學術書籍，也有收錄各種妖怪圖像的畫冊之類孩童會有興趣的書本。他的妻子十分歡迎小朋友來訪，經常端出點心招待大家。

寫書的工作告一段落後，溝呂木把注意力轉向研究當地的歷史。契機是一場與湊玄溫泉最古老的那家旅館主人的談話。

「我們家的旅館從二戰前就開始營業，聽說以前常有國家級的重要人士來住。」

根據他的說法，明治、大正，甚至更早以前，就不時有一批達官貴人來湊玄溫泉度假。過去常有日本的顯要人士來這個溫泉鄉？溝呂木十分吃驚，同時也不禁疑惑，那些高官為什麼要大老遠跑到這裡？湊玄溫泉的水質確實出色，但日本有更多出名的溫泉鄉，不曉得是基於什麼理由，他們才千里迢迢來到距離東京極遠的Ｆ縣。溝呂木懷疑老闆是往自己臉上貼金，於是打算認真調查一番。

溝呂木勤快走訪Ｆ縣Ｙ市的資料館，尋找有關湊玄溫泉周邊土地的文獻記載，並訪問熟知往昔大小事的老人。老人已超過九十歲，但昭和初期的回憶彷彿歷歷在目。

「來了一群穿著軍服的軍人，大概二十多人。」

那是太平洋戰爭開打前後的事，不清楚那些軍人的位階和所屬單位。他們只住一晚，隔天就移動到其他地方。當時他曾詢問其中一名軍人。

「我問他們要去哪裡，那個阿兵哥偷偷告訴我，他們要去一個類似神社的地方祈願。」

老人說他們進到湊玄溫泉北方的遼闊山地。

訪問完老人後，溝呂木查過地圖，那些軍人前往的區域並無神社或寺院。他又去資料館碰碰運氣，翻閱昭和初期的古老地圖，發現湊玄溫泉北方的山地有一座村子。

目隱村。

溝呂木第一次聽說這座村子，那群軍人想必就是經由溫泉鄉前往該地。

只是，那村裡有什麼呢？

自此，溝呂木的興趣從調查當地歷史，轉移至目隱村上。他查閱文獻，四處蒐集有關目隱村的資料，發現幾件事。

目隱村以前雖然悄悄藏在山中，但二戰後沒多久，就因傳染病導致村民全數過世，滅村了。通往村子的道路也因土石崩落阻斷，如今很難到達。沒辦法開車過去，一定要徒步攀越山頭。當時溝呂木生病，腳不方便，要造訪已廢村的目隱村更是難上加難。

得知石森壬生這位老婆婆的存在，是個偶然。溝呂木參加「鄉土研究會」的一場聚會時，與過去在Y市小學執教的年長男子聊了起來，談及最近熱衷的事，才提起目隱村，對方就露出若有所思的神情。

「那座村子……我好像在哪裡聽過……啊，對了，在我親戚經營的旅館工作的一位老婆婆，就是出身於那座村子。她家就在我家附近，所以我有印象。她名叫石森壬生，應該已高齡七十，目前住在Y市的老人安養院。」

聽聞目隱村遭疫病侵襲滅村，但果然還是有幾個人活下來，搬到山麓居住嗎？溝呂木拜託對方幫忙與石森老婆婆牽個線。

那家老人安養院位於Y市的河邊。溝呂木在櫃檯說明來意後，獲准進入。在寬敞的空間中有一處交誼廳，櫃檯小姐請溝呂木在此等待。和煦的陽光斜射進窗戶，不一會，安養院員工就推著坐在輪椅上的老婆婆過來。

這位老婆婆給人的印象十分衝突，像是一個孩童沒經過長大成人的階段就直接變老。她的頭髮花白，好幾處顯得稀薄，臉上皺紋很深，然而，那雙眼睛卻清澈一如小女孩。

在安養院員工的陪同下，溝呂木自我介紹後，便馬上切入主題，詢問有關目隱村的事。石森壬生慢悠悠地回答。有時會聽不清她在說什麼，偶爾又因口音太重聽不懂，溝呂木試著從前後脈絡推敲，對話才順利進行下去。

「太平洋戰爭快開打時，是不是有軍人去過目隱村？」

「對，有軍人來過。」

「您知道他們去做什麼嗎？」

「來『條福』的。」

溝呂木問了好幾遍，終於明白她是在說「調伏」。

「調伏」是佛教用語，意思是駕馭自己的身心，驅散惡念，掃除成佛得道路上的障礙，也可用來表示透過祈禱擊敗惡魔或仇敵。簡單來說，調伏就是咒殺對方。

日本歷史中，自古以來只要發生大動盪，就會透過祈禱進行調伏。承平天慶之亂、元寇的叛亂及侵略，皆是著名的例子。為了穩定世局，朝廷會下令各地的神社和寺院進行調伏。交付給神社寺院的錢財與物資會留下紀錄，上頭描述祈禱師一連好幾天詛咒敵人，希望削弱對方的力量。此外，不光是仰賴勢力龐大的神社和寺院，朝廷也會商請密宗的寺院或土著信仰的神社進行調伏。

在目隱村，或許就深植著受國家委託調伏的密宗或土著信仰，這樣一來，跟當年經過湊玄溫泉的軍人「要去祈願」的說法對得上。那名軍人所說的「祈願」，應該就是祈禱的意思。

溝呂木詢問石森壬生，村裡長年信奉的是什麼，以及與調伏有關的記憶。她回答村子的中央有一幢很大的宅邸，裡面建有一座神社，經常有人擺放供品。石森壬生睜著那雙小女孩似的眼睛，神情懷念地講述，村裡的大人焚火祈禱後，山神就會取走供品。

日本全國都有將山岳奉為神明祭拜的地區。神明的名稱因地區而異，不過一般而言，山神都是女神。目隱村似乎也深植著這種山岳信仰。

兩人談得起勁，轉眼就過了一小時，安養院員工附耳提醒溝呂木，差不多該讓石森壬生回去休息了。他向石森壬生道謝，取得改天再來進行訪談的許可。

談完話，溝呂木起身準備離開時，交誼廳角落傳來鈴聲。住在安養院的另一名老人正好走過，約莫是隨身的東西繫著鈴鐺。

「好可怕……」

石森壬生喃喃低語。始終一臉沉穩的她，此刻卻像在恐懼什麼，神情十分僵硬。

2

間宮幸太抽了口香菸，呼出的白煙在冷空氣中緩緩上升。他那支香菸才抽了一半，就先塞進攜帶式菸灰缸裡。心情平復後，他朝眼前的房屋走去。那是一棟氣派的日式房屋。他在玄關前停下腳步，先確認過門牌，才按下門鈴。毫無回應，可能沒人在家。

「如果你要找富田小姐，她不在喔。」

背後響起一道話聲。兩個高中女生推著自行車走在路上，轉頭望向他。她們似乎曉得這戶人家的狀況。

「應該不在吧？」

「嗯。」

兩個高中女生互相確認了一下。

「她去哪裡了嗎？」

「富田小姐前幾天被救護車載走。我媽看到她被搬上救護車。」

「是送去醫院嗎？為什麼？」

「不知道耶……」

兩位高中女生點頭致意後，隨即離去。

加藤香奈、鈴木和人，幾天來間宮都在調查這兩名死者，想找與他們有往來的人問話，才會造訪富田詠子的住處。他沒能事先聯繫對方，懷著會被趕出門的覺悟前來，卻沒料到她居然被救護車載走。

間宮離開她住處的門口，決定調查一下她被送到哪家醫院。他根據住址篩選出附近的幾家醫院，再假借富田詠子親戚的名義一一打電話詢問。

那天下午，間宮從中央線某站下電車，轉乘公車，往南來到一家大醫院。他在櫃檯詢問富田詠子的病房號碼時，接待的職員表情十分凝重。

「請問……你跟富田小姐是什麼關係呢？」

櫃檯人員詢問。

「我是她的朋友，想來探病。」

「這樣啊……」

櫃檯人員神情沉重地撥打內線電話。明明只要告知病房號碼就好，感覺不太對勁。一名護士很快出現，櫃檯人員在她耳邊低聲說了幾句，護士看向間宮，臉色暗了下來。最後，護士領他到等候區的角落。

「她昨天晚上過世了。」

聽到護士的話，間宮的腦袋一片空白。

先是加藤香奈、鈴木和人，然後是富田詠子。

看來，這一連串離奇的死亡仍是進行式。

「請問死因是……？」

「我們還沒弄清楚。」

「她的遺體……眼睛怎麼了嗎？」

間宮一問，護士頓時倒抽一口氣。

果然，富田詠子死時眼球也破裂了。

護士含糊帶過，只說基於保護病人隱私的原則，不能告訴家屬以外的人詳情。這不成問題，從護士剛才的反應就能確定。

談話結束，護士低頭離去。

間宮搔搔頭，掏出記事本翻到某一頁，上頭列著許多名字，都是這幾天調查獲知的加藤香奈與鈴木和人的家人、朋友，或在社群軟體上有互動的人。他試著寄電子郵件或打電話聯繫其中幾人，卻都找不到人。他也在社群軟體上傳訊息給目睹加藤香奈死亡的朋友，一樣沒有回音。

富田詠子原本是最想訪談的對象，間宮在她名字的旁邊畫上一個×。現在到底是什麼情況？他們為什麼死了？怎麼想都不像巧合。交情要好的幾個人在短短十天內，一個接一個死去。

間宮懷疑是病菌。他們該不會在哪裡感染到凶猛的病菌吧？三人的交集是在同一家書店打工，不過，他們的同事或客人都沒人眼睛爆裂死亡。雖然也可能只是還沒發生。

間宮推斷，感染源在湊玄溫泉的可能性很高。三人一起去湊玄溫泉旅行回來後就相繼死去，這不會是偶然。

隔天，間宮著手為遠赴當地調查做準備，聯繫名叫「湊壽館」的旅館訂房。就是過世的三人當時投宿的旅館。他們上傳到社群網站的照片，拍到旅館的招牌，間宮才能確定目的地。

「真好，我也想去。」

冬美羨慕地說。深夜連續劇的劇本截稿日期迫在眉睫，她不得不放棄同行。

「不要去比較好，可能是傳染病。」

間宮把從藥妝店採買回來的大量口罩、塑膠手套、消毒液和漱口水，全塞進行李箱。

「也對。這樣我開始有些擔心了，你小心點。」

「有什麼事我會聯絡妳。不過，萬一真是病菌感染就麻煩了。到時可能得聯繫相關研究單位。」

出發的準備就緒後，在離開東京的當天還有一些雜務必須先解決掉。他寫完之前接下的地區性雜誌的報導文章，寄給合作的編輯。

隔天，將行李堆上車，間宮便朝F縣Y市出發。他走高速公路一路北上。離開東京後，四周的建築物變得十分稀疏，不久，視野裡只剩下遼闊的山林。

「爸爸，還要多久才會到？」

開車時，間宮聽見真央的話聲，是從後座傳來的。

他看了眼後照鏡，女兒並不在車上。

那道聲音，是從好幾年前，一家三口回冬美老家時的記憶深處浮現的吧？那一天也是開車行經這條路，擋風玻璃外同樣是這片景致。對間宮來說，湊玄溫泉充滿回憶。畢竟妻子冬美的老家就在附近，以前常帶著女兒真央，三人一起去走走。

「還要一陣子。妳先閉上眼睛睡一下。作個夢，很快就會到嘍。」

間宮邊開車，邊朝無人的後座說話。

3

富田詠子過世隔天，春男才得知她的死訊。醫院打電話告知他此事。她自殺未遂送到醫院時，春男曾拜託院方，萬一有任何情況希望能聯繫他。跟山村瑞紀會合後，兩人一同前往醫院，聆聽護士的說明。護士表示死因是心臟衰竭，過世時眼睛受了傷，至於具體上是受了什麼傷，護士沒多解釋。

一定是那個恐怖故事害的。富田詠子的遺體，跟加藤香奈與和人想必是同樣的狀態。

「我打算去一趟湊玄溫泉。」

隔天，手機響起山村瑞紀的來電。

她說收到一封富田詠子寄的信。出事前就寄了，只是現在才送到。那是富田詠子親筆寫的信，詳述之前突然上吊的理由與心路歷程，希望兩人得知避開詛咒的方法後能告訴她。除此之外，她有點擔心告訴三人恐怖故事的那名男子。

「如果有更多人聽到那個故事就糟了，我想去當地調查一下。」

山村瑞紀打算獨自前往F縣Y市。

「我可以一起去嗎?」

春男也十分在意講述恐怖故事的那名男子，他究竟是從哪裡聽來這個故事?春男暗自期盼，如果循線找到故事的源頭，說不定就能釐清弟弟真正的死因。

隔天早上，兩人從東京車站搭電車出發，剛進F縣就轉乘民營鐵道列車。一路上，春男跟山村瑞紀始終聊不起來，她神情黯淡，大半時間都低著頭，春男不曉得該不該主動搭話。富田詠子去世才沒幾天，儘管沒特別難過，卻實在開心不起來，更別提兩人尚未從加藤香奈與和人離世的傷痛中復原。

從電車窗戶望出去，是蕭索寂寥的群山。大概是陰天的緣故，景色顯得灰暗又冷冽。風景看膩了，春男凝視著手表。散發著沉穩銀色光芒的指針式手表，正是弟弟住處的那一支手表。和人剛滿二十歲時，春男送的禮物。既然主人不在了，春男決定拿來自己戴。手上戴著這支表，彷彿和人就陪在身旁。

中午，兩人抵達湊玄溫泉附近的車站。車站建築挺新的，看來此地靠溫泉這項觀光資源收入頗豐。抱著裝有換洗衣物的旅行袋穿過剪票口，一走出車站，站前廣場就有一座泡腳池。那座外觀像涼亭的泡腳池冒出大量水蒸氣，一群目測是高中生的女孩腳泡在熱水裡聊天，頻頻發出銀鈴般的笑聲。看起來不像觀光客，一旁停著幾輛應該是她們的腳踏車。

今晚投宿的溫泉旅館，需要從車站走一小段路。春男和山村瑞紀一起走，偶爾側眼瞧瞧土產店賣些什麼。小河沿著古老建築的間隙，蜿蜒曲折地潺潺流動。還有一條石板路，兩旁是成排的石燈籠。看到這幕景色，山村瑞紀驀地停下腳步。

「這個地方……我在香奈的Facebook頁面上看過。」

說完，她將右手覆在左腕的繃帶上。

「她來過這裡？」

「嗯。」

不光是加藤香奈，還有富田詠子，以及和人。他們曾一起站在此處，望著眼前這幕景色吧？三人當時聊了些什麼？並不是很久以前的事，不過就是相隔兩個星期而已。去問一下土產店，說不定有員工記得他們。

「當時，他們肯定沒想到自己居然會死吧？」

春男說完這句話，山村瑞紀默不作聲。瞄了下她的側臉，她緊咬著唇，彷彿在克制自己不要哭出來。

溫泉旅館林立的區域中，出現湊壽館的招牌，那是一家飯店式經營的老舊旅館。為了調查方便，兩人出發前特別訂了和人他們住的旅館。

一踏入建築物，迎面就是鋪著深紅地毯的寬敞大廳，中央擺著一組沙發，窗外的庭院有片竹林。兩人走到櫃檯報上姓名，請旅館人員確認預約資訊，填寫住宿單。

現場有一名男子，似乎是前來投宿的客人，正在看大廳牆壁上貼的溫泉街地圖。他的身材瘦削，西裝革履，大概是患有花粉症，戴著白色口罩。

「我去確認一下房間準備好了沒有，請兩位稍候。」

女職員看過住宿單後，便走進裡頭。事先預約的是兩間客房，一人一間。由於不曉得調查詛咒需要花幾天，先訂了兩個晚上。

山村瑞紀在沙發坐下，抬頭望著天花板上的吊燈，神情有些恍惚。看到大廳一角有化妝室的圖示，春男朝那邊走去。

上完廁所，洗過手後，春男回到大廳，發現有個男人在和山村瑞紀講話，是在搭訕嗎？她露出略感困擾的表情，肩膀都縮起來了。那男人伸長脖子盯著她，想看清楚她的臉。找她搭話的，是剛才在看牆壁上地圖的那個口罩男。

「呃，怎麼了嗎？」

「鈴木……」

山村瑞紀求救似地呼喚春男，不料聽到這個姓氏，那男人竟先有了反應。

「鈴木？是鈴木和人的家人嗎？」

事態發展太過出乎意料。對方戴著口罩，春男不敢肯定，但應該沒見過這個男人。為什麼他會說出弟弟的名字？春男戒備地點頭。

「和人是我的弟弟……」

「果然，我就知道！只是，你們為什麼會在這裡？」

男人瞄了山村瑞紀一眼，目光轉回春男的身上，接著從西裝外套的口袋掏出銀色名片夾，取出兩張，分別朝春男和山村瑞紀遞出一張。上頭印著的雜誌名稱連春男都聽過，在「間宮幸太」旁邊還寫著「記者」這項職稱。

「你是幾天前在Facebook傳訊息給我的人吧？」

沒想到，山村瑞紀看過他的名字。

「我也曾傳訊息給鈴木，希望能採訪你。」

「不好意思，我很少上Facebook。」

兩人和名叫間宮幸太的男人在沙發面對面坐下，聊了起來。大概是為了博取信任，他取下口罩，露出長滿鬍碴的瘦削臉頰，氣色給人一種不健康的感覺。

「前幾天，聽我太太說，咖啡廳有客人以非常離奇的方式死去，我認為有機會寫成專題，便展開調查。」

男人的無名指上戴著結婚戒指。

他查到在咖啡廳過世的客人，是名叫加藤香奈的大學生，得知她出事時，有一個朋友山村瑞紀就在旁邊。他想找山村瑞紀問話，卻沒收到回覆，於是轉念一想，不如先去湊玄溫泉進行調查，沒想到居然在旅館大廳看到山村瑞紀，吃了一驚。由於在Facebook上看過山村瑞紀的照片，他一眼就認出來。春男暗自推量間宮幸太這個男人，究竟掌握到多少資訊。

「我也知道你弟弟過世的事，還有富田詠子，真是遺憾。」

間宮的神情凝重，目光輪流投向春男和山村瑞紀。春男主動問：

「你見過富田小姐嗎？」

「沒有，我去她家時，她已……鈴木，你怎麼看？三人都被判定是心臟衰竭而死，你能接受嗎？」

春男望向瑞紀。她一直垂著目光聆聽，避免與間宮對上視線。

間宮大概還不曉得那個恐怖故事，只是因為離奇死亡的三人曾一起到湊玄溫泉玩，才會大老遠跑來調查。

「我建議你不要再繼續查下去。」

山村瑞紀開口。

「為什麼？」

「有些事不要知道比較好。」

她的頭垂得低低的，話聲卻很堅決。

「我也這麼認為。」

眼睛大得異常的女人。

一旦知道她的存在，便無法置身事外。

「真傷腦筋……」

間宮說著，搔了搔頭。

剛才那名女職員返回。

「客房準備好了，我帶兩位過去。」

春男和山村瑞紀站起身，各自抱著旅行袋，準備前往客房。談話結束，間宮又戴上口罩。

「那可不是傳染病。」

山村瑞紀忽然拋出這句話。間宮看向她。

「你剛剛拿下口罩後，並未出現花粉症的症狀吧？看起來也不像是感冒，我就猜你可能是在小心防範什麼傳染病……」

間宮想說些什麼，但山村瑞紀在他出聲前便已離去。

4

旅館職員帶瑞紀到一間約五坪大的和室，裡頭有張典雅的木製梳妝台，壁龕掛著一幅畫，看得出十分用心營造氣氛。瑞紀放下行李，檢視房內的設備，望向窗外。在滿天烏雲下，連綿群峰環繞著溫泉鄉。香奈是不是也看過這片景色？來到這個溫泉鄉後，盡是想著同一件事，每次左腕上的抓痕都會發疼。

富田詠子過世後，下一個可能就輪到自己，這份恐懼在瑞紀內心盤旋不去，但現在不是嚇到動彈不得、腦袋當機的時候。如果能找出香奈過世的原因，也算是一種贖罪。不是憑弔，而是贖罪。那時她像抓浮木似地緊緊握住瑞紀的手，瑞紀卻反射性地揮開，內心真的很後悔。

休息半小時後，瑞紀和鈴木春男在房外會合，他的房間在斜對面。瑞紀在走廊上等待，鈴木春男打開門出來。瑞紀基本上不看他的臉，一直盯著腳邊，才會發現他的鞋子上黏著白色粉末。

「鈴木，那是什麼？」

「喔，是鹽。」
「鹽？」
鈴木春男拿手拍掉沾在鞋子上的鹽巴。
「我撒在窗戶旁邊和門口。鹽巴似乎有避邪的功效。網路上說，鹽會形成結界，保護人不受詛咒侵擾。瑞紀，妳要不要也撒一下，還剩一大堆。」
「先不用，但我對鹽巴與詛咒的關聯有點好奇，如果你找到什麼有用的資料，希望能告訴我。」
如果是以前的瑞紀，肯定無法理解這種迷信的舉動。不過，現下瑞紀知道詛咒真的存在，而且有能力影響世界的運作，那麼，就算鹽巴與詛咒之間有互斥的力量，也不奇怪。
「資料嗎？瑞紀，妳真的滿怪的耶。」
「我可不想被一個在房裡撒鹽的傢伙這麼說……」
兩人搭電梯到一樓，謹慎地觀察大廳的情況，發現間宮幸太還在。搞不好他一直在這裡等待。
「妳怎麼想？」
他似乎還沒發現兩人。

「我們從後門走吧。」

鈴木春男往大廳的反方向走去，瑞紀隨後跟上。

心臟衰竭導致眼球爆裂，這些離奇死亡的消息已在網路上傳開。兩人早就擔心會成為雜誌或電視節目炒作的話題，此刻局面顯然正往那個方向發展。

兩人踏出簡陋的後門，走到溫泉街區的巷子裡，看起來快下雪了。他們決定先去吃一頓遲來的午餐，順便討論接下來該怎麼行動。掀開附近小餐館的門簾，兩人隔著桌子對坐，點好菜。等待餐點時，瑞紀開口：

「我們沒能找旅館員工問話就跑出來了……」

原本打算問湊壽館的員工，是向哪家店進酒。掛著沉重牌子的鑰匙也沒能寄放在櫃檯，只好隨身攜帶。

瑞紀的生魚片套餐，和鈴木春男的炸物套餐送上來了。鈴木春男抓緊機會向店員搭話。

「不好意思，有件事想請教你，方便耽誤一點時間嗎？」

他問這一帶的旅館是向哪家店進酒，店員露出驚訝的神情，像是不明白怎會問這種問題，但仍詳細回答：這個溫泉鄉有兩家店賣酒，幾乎所有旅館都會請其中一家送酒過去。店員離開後，兩人用手機上網搜尋賣酒的店，發現兩家都在徒步可達的範圍內，決定吃完飯就去看看。

第二家就是他們要找的店。那家店面向大馬路，停車場裡停著載貨用的輕型卡車，店裡垂掛著釀酒廠的標幟、用杉樹枝葉紮成的球狀物「杉玉」，還陳列著滿滿的日本酒。年事已高的觀光客圍著桌子，以小杯子試飲比較不同地酒的風味。

鈴木春男叫住其中一名店員，先確定湊壽館真的會向他們進酒，才表示希望找負責送貨給湊壽館的員工談談。

「負責那一區的就是我。」

那名男店員年紀約莫介於二十五到三十歲之間，看上去有些輕浮，頭髮染成金色，穿著印有地酒標誌的半身工作圍裙。

瑞紀驀地緊張起來。如果真的是這個人負責送酒給湊壽館，很可能就是告訴香奈他們SHIRAISAN故事的人。

「真的是你負責送酒給湊壽館？」

鈴木春男再次確認道。店員冷淡地回答：

「嗯，現在由我負責。」

「現在？」
「到上個月為止是其他人負責，但……發生一些意外。」
店員的臉色微暗。
「意外？出了什麼事嗎？」
「你們是警察嗎？」
「不，不是。」
「好吧，告訴你們應該沒關係。」
店裡擺有另一張桌子。觀光客想郵寄商品時，可坐在那邊填寫送貨單。金髮店員帶兩人過去坐著談話。
「直到上個月，都是渡邊負責那一區，但他前幾天過世了。醫生說死因是心臟衰竭……」
店員在桌上擺出試飲用的小杯子，接著倒酒。
「這是我們這邊生產的酒，很好喝。你們試試，如果喜歡不妨買一瓶。」
瑞紀前面也擺了一杯，裡頭的日本酒十分清澄，色澤很美。
「方便告訴我們渡邊的事嗎？」

鈴木春男拉回正題，於是店員開始說明。

他的全名是渡邊秀明，過世時是二十八歲。

一月二十一日下班後，他就沒再出現。

一月三十日，他的遺體在公寓被人發現。

「那傢伙經常無故曠職，但不是壞人。」

「渡邊先生的遺體，有沒有什麼奇怪的地方？」

「聽說臉被老鼠啃爛，可能是太晚發現……模樣似乎很淒慘……」

渡邊秀明是一個人住在公寓，推定的死亡時間是一月二十一日晚上，死後經過大約一週，由於屋內發出惡臭才遭人發現。他的老家在F縣Y市，雙親都已離世，喪禮是他的哥哥擔任喪主。

「你們店裡有其他員工過世嗎？」

瑞紀詢問。不曉得渡邊秀明有沒有告訴同事那個恐怖故事？

「要是一直死人，誰受得了啊。」

看來沒有其他人出事。

「渡邊先生去世前，說過什麼嗎？譬如恐怖故事。」

「恐怖故事……？」

「像是有女人一直追在後面之類的。」

金髮店員搜尋著記憶，忽然拍手，大聲說：

「對了，他去世不久前提過在老家找到以前的日記。」

「日記？」

瑞紀與鈴木春男不約而同地反問。

金髮店員和渡邊秀明休息時間常一起在店的後頭抽菸。最後一次來上班的那天中午，渡邊秀明在吸菸處提到關於恐怖故事的回憶。

昨天整理老家時，我找到小學時寫的日記，想起一個恐怖故事，內容是有個眼睛大得離奇的女人，會緊追人不放。

哦，是怪談嗎？

差不多吧。以前我家附近住了一位學者，小時候常去他家玩。有一天，那個人說「我知道一個恐怖故事……」。我把這件事寫進日記後，轉頭就忘得一乾二淨。

這時有團體客人進來店裡，金髮店員起身前去招呼，丟下瑞紀和鈴木春男，還有桌上試飲用的幾杯地酒。

鈴木春男像是在消化資訊，說道：

「上個月二十日左右，渡邊在老家找到以前的日記，想起那個恐怖故事。他不曉得那是一種貨真價實的詛咒，又在旅館講給和人他們聽……這樣一來，告訴渡邊那個故事的學者，究竟是誰？」

知道下一個該調查的對象了。一定要找到告訴渡邊那個故事的學者。瑞紀渴望弄清楚他是從何處得知那個詛咒故事。有關SHIRAISAN的連環死亡事件，最初的源頭到底是什麼？

一開始講述SHIRAISAN怪談的，究竟是何方神聖？是那個人創造出這個詛咒嗎？聽見怪談的人會接連死去。下詛咒的人，這麼憎恨人類嗎？

對了，這是人生中第二次喝酒。瑞紀突然想起，第一次是香奈帶她去餐廳吃飯，她舔一口甜甜的雞尾酒，接下來的事情就記不清楚了。從此以後，香奈再也不拉她去喝酒，每次要點酒，香奈便會擺出一副教誨的姿態制止，「妳還是別喝了」。

「瑞紀，妳、妳怎麼了？」

鈴木春男的聲音傳進耳裡，瑞紀才發現自己不知何時已趴倒在桌面。全身輕飄飄的好舒服，她暈到沒力氣爬起來。

5

間宮在旅館大廳等待山村瑞紀和鈴木春男，卻遲遲沒見到人。山村瑞紀是加藤香奈的朋友，後者過世時，她就在現場。鈴木春男則是鈴木和人的哥哥。間宮之前就知道兩人，只是沒料到會在湊玄溫泉遇見他們。

他們來這個溫泉鄉的理由，估計和間宮一樣。痛失好友和家人後，他們可能開始獨自調查造成眼球爆裂的心臟衰竭症狀背後究竟有何原由，發現出事的三人曾一起到這個溫泉鄉玩。

間宮實在很想跟他們談一談，那兩人似乎握有什麼情報。

那可不是傳染病。

你剛剛拿下口罩後，並未出現花粉症的症狀吧？看起來也不像是感冒，我就猜你可能是在小心防範什麼傳染病……

山村瑞紀知道三人的死因並非傳染病，他們是因口罩發揮不了效用的其他原由而死。

間宮丟掉口罩。兩人一直不出現，他也不打算繼續守在大廳了。

從旅館正面玄關出去，腳邊的水溝冒出白色霧氣，在冬季的寒風中逐漸消融。間宮邁出步伐。

他打算先到徒步能及的範圍內，三人去過的地方。他們曾在社群軟體上傳旅遊照片，看照片就知道他們去過哪些地方。沒想到，結果不如預期。由於富田詠子在Instagram上傳手巾的照片，間宮決定前往賣手巾的土產店，但老闆根本不記得有沒有見過那三人。從湊玄溫泉往山的方向稍微走一段路有一座神社，加藤香奈把那間神社的照片傳到Facebook，可是神社販售護身符的巫女也對那三人沒印象。

點火之際，間宮想到幾年前自己戒菸了好一陣子，感覺很不真實。學生時期養成的菸癮能戒除，全是女兒真央出生的緣故。抽菸對嬰兒的健康有害，他便主動戒菸。那段逝去的時光，簡直像一場夢境。

他留意到有一名員工在旅館後方掃地，是個子矮小、留妹妹頭、戴著眼鏡的女孩。

「妳現在有空嗎？」

間宮主動搭話，對方暫停打掃。

「請問有什麼事？」

間宮已問過好幾名湊壽館的員工。在停車場停好車，並在櫃檯辦理入住手續後，他頻頻叫住在走廊等處擦身而過的旅館員工，拿三位死者的照片給對方看，卻沒人記得他們。不過，他應該還沒問過這個留妹妹頭的員工。

「我想問一下，關於不久前來住過的客人的事。就是這三人。」

間宮給她看三人的照片，是從社群軟體上印下來的。空白處分別標記著加藤香奈、鈴木和人與富田詠子的姓名。她將視線投向間宮手上的照片後，露出驚愕的神情。

「妳知道什麼嗎？」

「我們這邊的一個年輕職員，之前很在意這幾位客人。」

「在意？什麼意思？」

「他把顧客名簿上的一頁拍下來，問我『妳記得這三人的事嗎』。印象中就是這三個名字……」

「那名職員在嗎？我想問他幾件事。」

她神色黯淡地搖頭。

「他從前陣子就一直請假。」

「請假？」

「對，他應該是待在家裡……」

間宮得知請假員工的身分。森川俊之，十九歲，高中畢業後，沒上大學，直接到當地的湊壽館工作。女員工說，由於年紀相近，兩人常湊在一起聊天。

從溫泉鄉開了一小段路，就抵達住宅區，樣式普通的民房林立。馬路很寬，往來車輛又少，間宮便把車停在路邊。森川俊之家是平凡的獨棟房屋，玄關門口擺著許多盆栽，停車場停著一輛輕型小客車，還有男生會喜歡的越野自行車。按下玄關的門鈴後，從對講機傳來女性的聲音，應該是森川俊之的母親。

「你好。」

「請問這是森川俊之的家嗎？」

「沒錯。」

「他在家嗎？」

「不曉得你是……？」

「我在東京的出版社擔任記者。」

「東京？請稍等一下。」

大門開了，一名年長女性探出頭。間宮點頭致意後，掏出寫有出版社名稱的名片給對方看。沒被趕走令他鬆一口氣，站在玄關就開始與對方交談。她的神色仍有幾分戒備，間宮解釋突然造訪的原因。他從東京連續有人離奇死亡講起，表示正在調查相關資訊，才會千里迢迢來到湊玄溫泉的湊壽館。間宮沒說謊，只是刻意強調有可能擴大為社會案件。

「我懷疑那三名死者，可能在湊壽館與俊之有過互動。」

「我們家的俊之？」

「我希望有機會和他談一談。」

「從幾天前起，他的情緒一直很低落，不知道跟這件事有沒有關係。」

一月三十日晚上，森川俊之早該下班離開湊壽館，然而左等右等，卻不見他的人影。母親十分擔心，打算報警時，俊之終於推著自行車回來。當時他的臉色蒼白，似乎非常害怕。她詢問兒子發生麼事，俊之堅決不肯回答。

由於不曉得那天夜裡森川俊之遇上什麼狀況，無從判斷是否有關。間宮坦誠相告後，再次懇求森川的母親。遲疑片刻，她說了句「請稍等」，轉身回到屋內。

再次出現時，她拿著室內拖鞋說：

「我兒子想跟你聊聊。」

間宮道謝，走進森川家。俊之的母親說，上樓之後，二樓的走廊盡頭就是森川俊之的房間。間宮請她留在一樓，讓兩人單獨談一會，她答應了。

在森川俊之的房門前停下腳步，間宮敲門。

「請進。」

一道虛弱的聲音回應。間宮打開門，環顧了一下房內。

「你好，俊之。」

房間十分整潔，書架上整齊排放著漫畫和機車雜誌，一把吉他斜靠在書桌旁。牆邊擺有一張床，稚氣未脫的青年抱膝坐在床上。他望向間宮的目光裡，帶著幾許觀察的意味。間宮點頭致意，踏進房裡。

「關於曾入住湊壽館的客人，我有幾個問題想請教你，不曉得方便嗎？」

間宮掏出名片遞給森山俊之，他沉默地接下。

一時不知該從何談起，間宮看了看室內，注意到一台這年頭很少見、用來播放ＣＤ的音響，旁邊擺著不少古典樂ＣＤ。

「你聽古典樂？」

「那是我爸收集的。」

「你和父親現在感情也很好嗎？」

「他在我讀小學時就過世了。」

「這樣啊。抱歉，問了奇怪的問題。」

「沒關係，還好。」

間宮在書桌旁的椅子坐下，確認外套口袋裡的ＩＣ錄音筆已是錄音狀態。

「呃，之前入住旅館的那三人，全都死了嗎？我媽剛才說，你想找我談那三人的事……」

間宮看著夾在他指縫的那張名片，回答：

「嗯，都死了。」

森川俊之彷彿受到極大的打擊。

「加藤和鈴木，我在Facebook上找到他們的帳號，得知他們已過世。這幾天我一直待在房裡，是用手機上網查的。我也知道有傳言說他們過世時雙眼爆裂。可是，沒想到連富田詠子都過世了。」

「她是最近才過世的。俊之，你為何這麼在意他們？」

「是原小姐告訴你的嗎？」

「原小姐」應該就是提到森川俊之的那名員工吧？

「對。俊之，這件事很重要。你早就知道那三人將會死去，所以特別注意他們嗎？」

始終低垂著頭的森川俊之，猛然抬起臉。

「我不知道他們會死，只是有一種不祥的預感。畢竟我們都聽了那個故事……」

「那個故事？」

森川俊之的語氣透著幾分亢奮，繼續往下說：

「我是在櫃檯聽見的。我成功逃走，那三個人大概是失敗了。我發現一件事。只要移開目光，那傢伙就會接近，一直盯著，便不會靠過來，所以我才得救。撐了一陣子，那傢伙就消失不見。大概一個半小時，還是兩小時左右……」

「等一下，你到底在說什麼？」

「詛咒。」

「詛咒？」

徹底出乎預料的回答。

森川俊之深信三人是受到某種詛咒。

「渡邊在大廳講了一個恐怖故事，聽完就會遭到詛咒。那三人被詛咒了，我也……」

間宮翻開筆記本，寫下「渡邊」這個人名。

姓渡邊的人，在旅館大廳講恐怖故事給那三人聽。只要聽過故事，就會受詛咒而死。這種事誰會相信？

「詛咒？真的有那種東西嗎？」

間宮十分失望，語氣中不自覺帶了些許輕蔑。森川俊之確實特別留意那三人，然而，他卻將三人的死歸咎於詛咒這種缺乏科學根據的現象。如此輕易相信，多半是心情低落到無法冷靜思考的緣故。

「我連我媽都不敢透露。要是原原本本地告訴她發生什麼事，就輪到她被詛咒了。」

「令堂很擔心你，坦白告訴她比較好吧？」

「說得出這種話，是因為你根本不相信詛咒。」

「那三人的死應該有其他原因吧？譬如，那個叫渡邊的人衣服上沾有病菌，傳染給那三人之類的。」

「如果是這樣，渡邊店裡的同事應該也都死了吧？詛咒真的存在。你被詛咒看看就懂了。只要成為當事者，你就會明白那三人是怎麼死的。」

那雙眼睛充滿挑釁，間宮幾乎被他的態度唬住。可是，間宮從不相信世上有詛咒，於是輕易同意了。

「也對，只要能明白那三人的死因，事情就簡單許多。要怎麼做才會被詛咒？」

「接下來我會講一個故事，一個簡短的恐怖故事，聽到最後你就會被詛咒。」

森川俊之忽然起身打開房門，確定走廊上沒人，才又坐回床上。在一段長長的沉默後，他講起據說會散播詛咒的恐怖故事。

下一個就輪到你了。

眼睛大得離奇的女人自稱SHIRAISAN，故事逐漸進入高潮。原本代表女人的右手食指，驀地轉向間宮。由於毫無防備，間宮猛然一驚。那就像故事裡的人物忽然回頭看著他。不過，間宮很快笑出聲。森川俊之放下手指，同樣笑了起來。只是笑了一陣子，眼淚突然大顆大顆地滾落，他哭了。

間宮離開森川家，走向停在路邊的車子，開車回湊壽館。太陽漸漸西下，滿是居酒屋的街道紛紛亮起燈。他回到客房，脫下外套，去浴室洗了一把臉就躺上床，直勾勾地盯著旅館的天花板，想整理思緒，但依然滿腦子都是森川俊之哭泣的臉龐，心情十分混亂。

間宮播放錄音筆的內容，重新聽一遍森川俊之的話。在他房裡時，有幾個地方當下並未聽懂。

「我發現一件事。只要移開目光，那傢伙就會接近，一直盯著，便不會靠過來，所以我才得救。撐了一陣子，那傢伙就消失不見。大概一個半小時，還是兩小時左右……」

森川俊之究竟是在說什麼會接近？他深信加藤香奈、鈴木和人、富田詠子都是沒能逃過「那傢伙」才會死亡。該不會是那個伴隨鈴聲出現、眼睛大得離奇的女人？記得名字是叫……

SHIRAISAN吧？

這一瞬間，房間一隅的榻榻米忽然傳來聲響，像是有人站上去，榻榻米被重量壓得凹陷。房內的空氣霎時變得黏稠，彷彿飽含帶著腥臭的溼氣。

角落的舊式梳妝台鏡面，映出房間深處的陰暗區塊。有個黑色長髮的女人低垂著頭，站在那裡。黑髮垂落前額，遮住她的臉。

間宮慌忙回過頭，看向鏡子映出的那一區，並沒有什麼黑髮女人。大概是看錯了，把角落的陰影當成一個站立的女人吧？然而，內心的驚懼遲遲無法平復，他拭去額頭的汗水，開始自問自答。

真的是看錯嗎？萬一不是呢？

放在桌上的手機突然響起，螢幕顯示是冬美打來的。他接起手機，搶先出聲：

「是冬美嗎？怎麼了？」

「沒什麼特別的事，想說不曉得你在幹麼。」

透過手機聽著冬美的聲音時，間宮再次環顧屋內。原本十分害怕剛才那女人不知何時會忽然出現，但與冬美通話時，心情慢慢安定下來。冬美說今天終於把之前接的連續劇劇本寫完，幸好趕在明天開會前交出去。

「你泡溫泉了嗎？」

「還沒。」

「口罩呢？一直戴著嗎？」

「沒有，似乎不是傳染病。」

「那就好。」

間宮會扔掉口罩，是因為山村瑞紀否定傳染病的推測，但這並不表示他接受詛咒的說法。雖然對於三人的死因仍毫無頭緒，但應該有更符合現實的原由。

「欸，冬美，妳知道SHIRAISAN嗎？」

冬美出身F縣Y市，湊玄溫泉堪稱是她的老家。如果森川俊之講的恐怖故事是這一帶流傳的民間故事改編而成，她搞不好聽過。不料，手機另一頭傳來冬美訝異的聲音。

「SHIRAISAN？那是什麼？」

「剛剛我在訪談中聽說的，是一個恐怖故事。」

「恐怖故事？」

「對，妳想聽嗎？」

「嗯，告訴我。」

間宮轉述從森川俊之口中聽來的恐怖故事，一面在窗邊抽菸。窗外一片漆黑。如果湊近窗戶，或許能夠看到溫泉街的亮光。呼出的白煙，在眼前緩緩飄動。

6

溫泉街上有條寬五公尺的小河。沿著河畔綿延的石板路上，星星點點地亮著整排石燈籠。太陽下山後，石燈籠的亮光倒映在水面上，那畫面十分夢幻。春男坐在長椅上眺望著這幕光景，坐在身旁的山村瑞紀似乎尚未酒醒，一直低垂著頭，分不清是醒著還是依然在睡。每次她的身體越來越歪斜，快從椅子摔下去時，春男就會伸手扶正。

在酒店試飲地酒後，瑞紀趴倒在桌上不省人事，就算搖晃她的肩膀，她也醒不過來，只好拜託店員讓她暫時在店裡休息，等她恢復到能夠站立，春男便帶著半夢半醒、步履搖晃的她離開。距離湊壽館只剩一小段路時，她嘴裡反覆呢喃：

「好睏……我好想睡……」

「妳睡一下沒關係。」

「謝謝你……」

聽到春男的聲音，她一臉放心地睡著。天氣雖然冷，還不至於會凍死人，春男打算在這裡待一會，等她酒醒再繼續走。她的身體靠向春男，一股香甜的味道傳來。

倒映在水面上的光點晃動著，很美。不知哪裡的溫泉冒出水蒸氣，隨風飄過來，眼前的景象籠罩在白色霧氣中，土產店和餐飲店紅色、藍色、綠色的燈光，像水彩畫般暈染開來。對岸往來的人影約莫是觀光客吧？春男注意到其中一個人影，駐足一直望著這邊。

是認識的人嗎？這麼說來，那道身影似曾相識，春男凝神注視對方。

白色霧氣逐漸散去，春男發現那個人的臉上有兩個凹洞，原本應該是左右眼球的位置空蕩蕩，鼻梁兩側只剩漆黑的空洞。

「是和人嗎？」

春男主動問道。

站在對岸盯著他的，正是弟弟和人。

髮型、身高、服裝，全和弟弟一樣。

哥……

和人發出聲音。那聲音顫抖著，像是快哭出來。

哥，你討厭我，對吧？我死了，你很高興吧？

春男的心臟，彷彿被一隻冰塊凝結成的手揪住。

弟弟的眼窩淌下鮮血，臉頰染上紅色的痕跡。

小河飄來陣陣生魚腐敗的腥臭味。

媽媽生下我後，就死了……

是我害死她……

所以，哥，你一直……

小學時，兄弟倆吵過一場架。原因早就忘了，應該是些芝麻小事。為了攻擊弟弟，春男不假思索地烙下狠話「如果沒有你，媽媽現在還會活著」。弟弟愣在原地、無助呆站著的身影，至今仍深深烙印在春男的心底。

「對不起，和人！是我的錯！那句話不是真心的，我並沒有那樣想！」

春男朝著對岸的弟弟大喊，和人卻沒反應。那張缺少眼珠的臉上，看不出絲毫情緒。至少看不出因春男的話而寬心的表情。

「對不起，和人！我該怎麼做，才能讓你明白？」

春男想證明和人是很重要的人。無論過了多少年，話語都會一直留在人的心裡。美好的一句話會帶來正面的影響，傷人的話則會持續造成破壞。前者形同是一種祝福，但後者或許就成了一種詛咒。

春男一時不經大腦的氣話成為詛咒，束縛弟弟的人生。每當在生活中想起那句話，弟弟的心便逐漸萎縮了吧。

「和人！」

往來的觀光客似乎都聽不見春男的呼喊聲，沒人停下腳步回頭張望。他們也沒注意到臉上凹洞不斷湧出鮮血的和人，若無其事地從旁走過。

寒風又帶來一大團白色霧氣，放眼望去，只剩下一片白茫茫的世界。等霧氣散去，弟弟也不見蹤影。

河面倒映的石燈籠亮光，看起來就像閃閃發光的寶石，那股腐臭已消失。一群年輕觀光客興奮說笑，忙著拿手機自拍，春男頓時回到現實。剛剛或許是作了一場夢。

山村瑞紀的身體逐漸傾斜，靠了上來。

「起來了，瑞紀。」

春男叫醒她。她睜開那雙漂亮的眼睛，看了看四周。發現自己靠在春男身上，儘管還一臉迷迷糊糊，仍趕緊坐正。

「差不多該回去了，妳還想睡嗎？」

「不好意思……鈴木，我沒事了。」

山村瑞紀搖搖晃晃地站起，不像沒事的樣子。如果不好好看著，她可能會翻過欄杆掉進河裡。

「鈴木，你弟弟呢？」

山村瑞紀強忍住打呵欠的衝動，問道。

「咦，你剛剛不是在跟對岸的弟弟交談嗎？還是，我只是在作夢？」

「或許是夢，也或許不是。」

「到底是怎樣？」

春男也不確定。他與瑞紀又踏上石燈籠綿延的石板路，往湊壽館前進。他只回過一次頭，望向方才和人佇立的那一帶，暗暗盼望著能再次見到弟弟。

7

森川俊之不出門的生活持續了將近一星期。除了吃飯、上廁所和洗澡，他都一直待在房裡。母親擔心得不得了，想帶他去醫院，卻遭到堅決抵抗。他很害怕，要是出門，那女人搞不好又會出現。

一月三十日夜裡，俊之下班離開湊壽館，在回家路上遇見那女人。從披垂的長髮縫隙中隱約可見的那張臉，眼睛大得不可思議。

那不是人類。一意識到這件事，俊之忍不住放聲慘叫。不是因自身處境危險感到害怕，而是站在數公尺之遙、長相詭異的那女人身上，散發出一股莫名不祥的氣息，彷彿是盈滿幽暗又悲壯的心緒的無底深淵。儘管她有人類的外型，感覺卻像在這世界開了一個洞，是一團虛無。光是看著她，連靈魂都陣陣發寒，逐漸僵固。

俊之不由得想掩面哭泣，讀小學時父親的教導忽然掠過腦海。如果在山上遇到熊，該怎麼自保？

「俊之，聽好，萬一在山上遇到熊，絕對不能別開眼，要盯著牠慢慢往後退。如果轉身逃走，熊會追上來宰了你。為了避免刺激熊，必須直視牠的眼睛，緩緩拉開距離。」

由於父親早逝，在俊之的心中，過往與父親的每一次對話都彌足珍貴。如同收藏家會拿出珍藏的寶石細細欣賞，他時常回味與父親交換的話語，希望共度的時光不會褪色。

因此，俊之不假思索地採取遇到熊時的自救方式，儘管眼睛大得離奇的女人逼近，他也不移開目光，只慢慢後退。剛才屁股摔在地上，他改用雙手撐著寒涼如冰的馬路，一寸寸挪動屁股往後退。

女人沒追過來。俊之不曉得她是不是跟熊一樣，只會積極追捕一心逃跑的獵物。雖然不清楚她為何沒再靠近，至少面對面時，她靜靜佇立在原地。

俊之持續望著那女人，一直退到女人的身影看起來像小指的指甲那麼丁點大。手機似乎在摔車時掉落，沒辦法聯絡任何人。終於從無盡的恐懼中解放，是一個半小時到兩小時後的事。回過神來，他才發現女人已消失。一時還以為看丟了，連忙左右張望，但到處都沒有她的蹤跡。

神情憔悴地回家，母親嚇一大跳，但他不能詳細說明前因後果。如果要解釋，不免會提到渡邊講的恐怖故事，還有SHIRAISAN那女人。俊之擔心害母親也遭到詛咒。

那女人該不會在外面徘徊吧？心頭的恐懼揮之不去。與此同時，俊之有一股安心感，畢竟確實逃過一劫。既然那晚她放了自己一馬，應該沒事了，她不會再來。俊之盼望事情真是如此。

「吃晚飯了。」

樓梯下方傳來母親的呼喚聲，森川俊之從被窩爬出來。間宮幸太給的名片掉落在床下，他撿起來扔進垃圾桶。窗外的天色已暗。下樓後，他先去洗臉台洗把臉，以免母親發現他哭過。

走到廚房，桌上擺滿母親剛煮好的料理，有炸雞和可樂餅，全是俊之喜歡的菜色。

「開動！」

兩人開始動筷。俊之能感受到母親對他的默不作聲感到焦躁。母親可能暗自期待他和外人聊過後，狀態會稍微好轉。

「今天來的那個人，你們都聊了些什麼？」

母親邊喝味噌湯邊問。

「沒什麼特別的……不久前到旅館投宿的客人，在東京過世了，他為這件事來問我幾個問題而已。」

俊之把SHIRAISAN的怪談告訴間宮了。儘管他很清楚，這樣做會害間宮受到詛咒。

詛咒？真的有那種東西嗎？

聽到那嘲笑般的語氣，俊之忍不住火大。只有我一個人快死掉，未免太不公平，不如拉他陪我吧——那一瞬間，內心萌生這個念頭，等俊之回過神，已講到一半。講完後俊之哭了，這一刻他赫然發現，原來自己是不在乎別人性命的冷血傢伙。

事到如今，俊之才感到不安。萬一間宮把那個怪談告訴別人，可能會再傳出去，害其他人遭到詛咒，最後像流行性感冒一樣在社會上擴散。某一天，可能又會傳回來，害母親被詛咒。

「你怎麼了？」

母親趁咀嚼的空檔出聲問，俊之才察覺自己一直盯著母親。他搖搖頭，夾起炸雞送入口中。

「好吃。」

「那就好。」

俊之按捺住想哭的衝動，細細品嘗母親煮的菜。

晚飯後，俊之決定在房裡聽音樂。將父親喜歡的古典樂CD放進音響，他靠著床坐在地板上。鋼琴悠揚的旋律從喇叭流瀉出來，他閉上眼睛，感到最近的不安與緊張逐漸舒緩。鋼琴優美的音色總會讓他想起父親。

父親死於癌症。母親曾帶俊之去探望住院的父親，他仍記得一清二楚。炎熱的夏天，蟬鳴不絕於耳。如果死了，就能見到父親吧？話說回來，死後的世界真的存在嗎？俊之閉著雙眼沉浸在音樂世界裡，同時思考這些問題。

人類在生理機能停止運轉後就會消滅，至今俊之一直如此認為。火化前，只剩下一具再也不會動的軀體，除此之外，意識、精神之類形而上的東西，全都會消散。

可是，親眼目睹超乎現實的怪物後，俊之的認知徹底被顛覆。說不定這個世界比他以為的還要混沌。原本深信是現實的事物，其實脆弱到不堪一擊。而那些一擊就碎的現實背後，或許是充滿未知的無盡黑暗。

俊之怔怔望著眼皮底下的陰影。即使閉上眼睛，視野也不會徹底陷入漆黑。天花板上日光燈的光線，透過薄薄的一層眼皮，看起來微微帶著紅色。會看見暈開的紅色，是因為光線穿透的是鮮紅的血肉吧？

剎時，日光燈一暗，像是燈管用太久快壞掉，或是有什麼東西通過俊之頭上，遮住日光燈發出的光芒。

俊之睜開眼睛，環顧四周。燈管並未閃爍。鋼琴聲傾洩的房內僅有他一個人。只是樂音中，摻雜著鈴聲。

鈴！

聽見鈴聲，全身血液彷彿瞬間倒流。俊之很清楚那意味著什麼。那是一週前夜裡聽過的聲響。汗水涔涔淌下，他用顫抖的手腳撐著地板，想站起來，卻完全使不上力。房內空氣變得濕黏、悶重，好似有無數看不見的手緊緊纏繞在身上。

鈴！

是從窗外傳來的。老實說，俊之一點都不想轉頭去看。他不敢確認，但不看又十分不安。

勉強轉移視線，窗簾是拉上的。從窗簾縫隙能夠看見窗玻璃，外面站著一個女人。那雙大得離奇的眼睛，從窗簾的縫隙緊盯著俊之。那雙眼睛比夜裡的暗影更幽暗，宛如無底的漆黑深淵。

俊之忍不住大叫，窗外沒有陽台，根本沒地方站，那女人卻站著。不能移開目光。一旦移開目光，那女人就會靠近。俊之不斷提醒自己，但內心已幾乎要放棄。

就算得救，也只是躲過一時。上次沒能殺了俊之，於是她又出現。她會一來再來，往後這種情況將不斷發生，永無安寧之日。無論何時、在哪裡，她都可能霍然現身。俊之每分每秒都將活在恐懼中，精神逐漸耗弱，還得一次又一次與這雙彷彿能夠凍結靈魂的大眼對峙。太絕望了。不如一死了之，比較輕鬆。

樓下傳來母親的呼喚聲。

「俊之，怎麼了？俊之！」

從聲音聽來，母親正在上樓。俊之不禁瞥了房門一眼，萬一母親開門進來怎麼辦？

這傢伙該不會連母親也攻擊吧？

鈴！鈴聲響起，房內瀰漫著一股腐爛魚肉般的噁心氣味。

俊之回頭，那女人已站在房裡。窗戶沒有打開過的跡象，窗簾也維持原樣，她的姿勢卻像剛走過來，猛然站定。一條紅線貫穿那女人合十的雙手手背，底端垂掛著鈴鐺。鈴鐺擺盪得十分緩慢，彷彿時間的流動變慢了。

從披垂的黑髮間隙，露出那張屍體般蒼白的臉，嘴巴四周布滿無數瘀青，呈現出紅紫或青紫色，像曾遭受毆打。俊之嚇到渾身發軟，連動都沒辦法動。

敲門聲響起，母親在叫他。然而，鑽進俊之耳裡的，卻是另一道聲音。

「過來。」

是男性的聲音。不是俊之的聲音，也不是母親的聲音。

相當熟悉的嗓音。是令人深深懷念、胸口一緊的聲音。

「過來這裡。俊之，你很努力了。你真棒。」

炎炎夏日中，母親帶他去過的那間病房。震耳欲聾的蟬鳴。高掛藍天的積雨雲。

那段記憶忽然甦醒。這是父親的聲音。俊之回頭望向聲源處。

不見父親的身影。音響的喇叭流瀉出鋼琴彈奏的旋律。

同時，也傳出父親的聲音。

「俊之……啊啊，俊之，你去死吧。」

母親打開房門的瞬間，俊之的眼球爆裂，化成無數肉屑，四下飛濺。俊之沒注意到鈴聲再度響起，沒注意到那女人靠近，甚至沒發現她的指尖碰到自己。聽到母親失聲大叫前，他已斷氣。即使演奏告終，喇叭恢復沉寂，母親依然在尖叫。

第四章

1

溝呂木弦進入位於F縣Y市河岸的老人安養院。他來採訪石森壬生，以了解目隱村的風俗習慣。他原先一直在調查湊玄溫泉的歷史，這陣子卻對往昔存在於山中的奇特村落萌生興趣。

安養院員工推著坐在輪椅上的石森壬生過來。她還沒出現失智症的徵兆，但每次都會忘記溝呂木的名字。連安養院員工的名字、同住安養院的熟人名字，她也記不得。據說她不是健忘，而是童年時發生過意外。小時候，一場土石流吞噬她家，她被活埋在土裡一段時間，後來就記不住人名。她的雙親在那場災禍中過世。

值得慶幸的是，除人名以外，石森壬生的記憶力很正常。她說話夾帶大量方言，溝呂木必須耐著性子一句句解讀，才慢慢對過去在目隱村進行的儀式及信仰有進一步的了解。目隱村以前常接待朝廷的使者，執行能夠削弱敵國力量的儀式來換取金錢。這樣的歷史甚至延續到近代。

石森壬生的身分不足以直接參與祈禱儀式，並不清楚具體進行的步驟，但深植於日常生活中的風俗，她依然能夠侃侃而談，從中也能窺見幾分信仰的內涵。

舉個例子，目隱村會替死者掛上鈴鐺。將線穿過合十的雙手，再繫上鈴鐺。鈴鐺的功用在於，當亡者爬起來時會發出鈴聲，其他人就知道發生什麼事。對目隱村的居民來說，生者與死者的界線或許並不那麼涇渭分明。

詢問石森壬生是否能將目隱村憑弔死者的方式寫進書裡，她同意了，只是每次提到鈴鐺，她的表情就會變得僵硬，一副很緊張的模樣。溝呂木暗忖，她會對鈴聲這麼敏感，原因可能就出在目隱村的這項風俗習慣。

「目隱村曾有死者復生嗎？」

溝呂木半開玩笑地問。石森壬生沒有笑，沉默好一會，兀自靜靜眺望窗外潺潺流動的小河。後來，以不寫進書裡為交換條件，她開始訴說一個不可思議的故事。

一九四五年，二戰結束那一年，石森壬生二十歲，已跟村裡的男子結婚，卻遲遲沒生下孩子。由於記不住人名，被誤以為是個笨女人，丈夫和公婆都對她十分冷淡。夫家務農，於是她過著幫忙農耕的生活。

村子正中央有幾幢大宅，住著祈禱師一族，其餘的人都是為了服侍祈禱師而存在。在大宅的土地範圍內有一座神社，每個月有幾次會燃起篝火，身穿白衣的人會捧著稻穗和酒進行祈禱。

根據石森壬生從大人口中聽來的內容，目隱村在太平洋戰爭前比較富裕，開戰後就迅速沒落。原因並非直接遭到戰爭的殘害，想來是太平洋戰爭開打前的那次祈禱儀式失敗的緣故。連他們信奉的山神，也沒辦法扭轉大時代的潮流。

溝呂木想起當地老人說過的話：太平洋戰爭快開打前，有一群軍人前往應該是目隱村所在的山上。石森提到的失敗祈禱儀式，該不會就是那一次吧？

二戰結束的那一年秋季，婆婆交給二十歲的石森壬生一項任務。村外的雜木林深處，建有一座土藏(註)，裡面住著一個女人，婆婆希望她去照顧那個女人。具體來說，就是一天送一次飯，幫她擦拭身體，處理排泄物。對石森壬生而言，丈夫和公婆的話如同聖旨，無法拒絕。

隔天，婆婆帶她去土藏見那個女人。儘管是大白天，雜木林裡依舊昏暗，霧氣瀰漫。半路上掛著注連繩，一穿過去，就聽不見蟲鳴。土藏出現在眼前時，婆婆停下腳步，叫她自己過去。

土藏看起來很堅固，厚重的門板外側還上了門閂。她拿掉門閂，走進裡頭，只見五斗櫃、書桌等各種家具及器具雜亂擺放著，再裡面則有一道格狀木柵欄隔出空間，換句話說，就是監牢。

柵欄的另一側，一個年紀與石森壬生差不多的女人端正跪坐著。她見過那個女人，是祈禱師的女兒，每次舉行祈禱儀式時，必定站在中央。那個女人美麗極了，雙眼飽含力量，瞳仁好似閃耀著金燦的光輝。

石森壬生戰戰兢兢地打招呼，女人神色自若地回應。

「謝謝妳過來，以後就麻煩妳了。」

女人點頭致意，石森壬生鬆了一口氣。

女人伸手握住木製柵欄，面露難色地繼續道：

「家裡的人都說我瘋了。這叫私宅監禁，就是將精神病患關在倉庫或另一幢小屋裡。」

格狀柵欄和土藏裡的牆壁上貼滿數不清的符咒，除了文字，上頭還畫著祈禱儀式會用到的、代表眼睛的花紋。石森壬生不知道這些文字隱含什麼意義，好奇地盯著瞧，女人便開口說明：

註：在木造結構外覆上極厚的泥土白牆，具有防火、防盜功能的倉庫。

「那些符咒上寫著他們的願望，『希望發狂的人恢復正常』。」

從那天起，石森壬生開始獨自造訪土藏。她會先去村莊中央的大宅拿要給女人的餐點，再送去土藏。土藏旁有一口井，她從那裡打水，幫女人擦拭身體。女人的排泄物都裝在監牢裡的甕中，石森壬生只需幫忙清理。

即使後來兩人不時會交談，石森壬生仍不明白女人為什麼被關在這座牢裡。女人並無任何不尋常之處，知道許多石森壬生不曉得的知識，也能夠流利背誦古書裡的長詩，並解釋其中含意給石森壬生聽。女人的容貌美到令人嘆息，脫去衣裳擦拭身體時，婀娜的身姿簡直像從神話中走出的人物。

兩人日漸熟悉，石森壬生會對女人傾吐煩惱。那陣子每次出了差錯，丈夫或公婆都毫不留情地嘲笑石森壬生，對她大吼。

「這點小事我能幫妳。下次來土藏時，妳準備一些供品。」

女人指定的供品有米、酒、鹽和雞頭。石森壬生知道過去她在祈禱儀式中都位居中央，暗想她應該是要進行簡易的祈禱。

「雞頭要先把眼睛弄爛。奉上供品給山中尊者時，這是規矩。」

山中尊者，指的就是山神。那個女人是巫女，據說她能夠與山神交談。

石森壬生聽到村裡有熟識的人家要殺雞，連忙去要來雞頭，按照女人的指示把眼睛弄爛，再端到土藏。

「今晚我就會把這些供品獻給山中尊者，完成祈禱儀式。」

監牢裡有一張木製矮桌，和可供書寫的紙筆。女人將紙張鋪在矮桌，再擺上供品，恭謹地低下頭。

村裡舉行儀式時都是在氣派的神社奉上供品，在小小的土藏裡也可以嗎？

「可以，山中尊者會派遣使者過來。有一位類似船長的使者會來取供品，再放到船上運回去。」

女人回答後，在紙上壓出摺痕，仔細撕開，製作祭祀用的道具大幣和紙垂。她又請石森壬生去撿一些紅淡比的樹枝，紮好玉串。

石森壬生不清楚那天晚上女人在監牢裡進行何種祈禱儀式，只知道隔天起，丈夫和公婆不曾再嘲笑她。即使她又犯錯，丈夫和公婆也只是看著她，露出略帶畏怯的神情，隨即背過身。要是以前，他們早就破口大罵，現在卻像在她身後看見什麼恐怖的東西，連忙別開眼當成什麼事都沒發生過。

石森壬生向土藏裡的女人道謝。丈夫和公婆的態度產生變化，肯定是她進行儀式、山神接受祈願的緣故。女人的力量如此強大，為什麼會被關在這種地方？石森壬生難以理解。

不經意地向熟識的村民打聽那個女人的事，她發現很多人連土藏裡住著一個女人都不曉得。她這才明白，住在村子中心的祈禱師們，多半是認為土藏裡的女人讓家族蒙羞，刻意隱瞞消息。他們不希望這件事傳開，不過石森壬生仍從幾個人口中聽到關於土藏女人的傳言。

據說，女人在太平洋戰爭快開打前的那場祈禱儀式中，負責向山神祈禱，不料調伏失敗，詛咒反彈回她身上，害她發狂了。發狂，具體而言是指怎樣的狀態？石森壬生照料女人生活起居的同時，不免感到疑惑。在監牢裡度日的女人，言行舉止十分普通。

過了一年，有一陣子女人經常坐在監牢的矮桌前，認真地寫東西。女人握著毛筆在紙張上揮舞，寫得不順時，就會把紙揉成一團。

石森壬生問，妳在寫什麼？

「我在寫一個恐怖故事。」

女人微笑回答。

某天，女人似乎十分滿意完成的作品，從此不再提筆，矮桌上原本雜亂堆放的紙筆收拾得乾乾淨淨。女人對石森壬生說：

「妳想聽聽我寫的恐怖故事嗎？」

石森壬生很怕聽恐怖故事，可是她對女人懷有敬畏之心，願意滿足女人的任何要求。石森壬生同意後，兩人隔著木製柵欄面對面跪坐。女人直視著石森壬生的眼睛，娓娓道來。

在草木蓊鬱的山路上，男人在趕路。

忽然有鈴聲響起，他回過頭，看到後面站著一個女人。

一個眼睛大得離奇的女人。

情節逐漸展開，石森壬生像被吸進故事裡般深深著迷。一方面是女人說故事的技巧高超，再來就是她的聲音裡似乎有股能迷惑聽者的力量。最後，女人指著石森壬生，替故事作結。

下一個就輪到妳了。

石森壬生嚇一大跳，女人見狀，滿意地瞇起眼睛。嘴角彎出微笑的弧度時，那張絕美容顏顯得十分妖豔。

「我希望妳把這個故事講給其他村民聽。」

石森壬生沒問理由。既然女人如此希望，石森壬生就會照辦。但這時遇上一個難題，恐怖故事裡的那個眼睛大得離奇的女人，石森壬生記不住她的名字。自從小時候被活埋在土石流中，記人名就難如登天。

「考慮到這一點，我寫下來了，妳只要照念就好。」

女人將折疊的紙張從格狀柵欄的縫隙遞給石森壬生。攤開那張紙，石森壬生明白這就是女人埋首案前、煞費苦心完成的作品。方才聽到的那個故事內容，全用毛筆一字一句寫下，那個眼睛大得離奇的女人的名字，也寫得一清二楚。如果照著這張紙念，應該做得到。石森壬生小心翼翼拿著這張紙回家。

起先，她把故事講給丈夫聽。

接著講給公婆聽。

然後是在田地玩耍的一群小朋友。

大概是村子的娛樂貧乏，女人創作的恐怖故事，讓村民們都嚇壞了，紛紛感到樂趣十足。

2

春男在旅館的客房中醒來，換好外出服就前往湊壽館二樓的大宴會廳。那裡供應早餐，住宿旅客找到座位坐下後，服務員會端著白飯和味噌湯等日式早餐過來。環顧四周，沒見到山村瑞紀的身影。兩人事先講好，早餐時間可以各自行動。

吃完早餐，春男去泡了一會溫泉。一樓盡頭有座大澡堂，還有三溫暖。湊玄溫泉的水質黏稠滑溜，根據板子上的說明，具有舒緩神經痛、關節痛和四肢冰冷的功效。

春男準備回房，全身暖烘烘地等電梯時，瞥見間宮幸太在玄關大廳講電話。他沒注意到春男，眉頭緊皺，神情凝重地以手機通話。他的臉色慘白，彷彿快要吐了。

電梯快到時，結束通話的間宮注意到春男。

「鈴木……」

一看到春男，他就以一副「這次絕對要逮住你」的氣勢衝過來。

「方便借我幾分鐘嗎？我有話要說。」

「怎麼了？」

間宮失去昨天的從容，神色中透著不安。

「死了……」

「咦？」

「昨天我採訪的青年死了。剛才警方打電話通知我。」

兩人在沙發坐下。根據間宮的說法，過世的青年名叫森川俊之，在湊壽館工作。間宮昨天去他家進行採訪，晚上他就心臟衰竭過世，而且遺體的眼睛也爆裂了。發現遺體的是森川的母親，她告訴警方白天一個叫間宮幸太的人來找過兒子，警方才會打電話給間宮，問一些例行性的問題。

春男暗忖，森川俊之應該也聽過那個恐怖故事吧？

「雙眼爆裂過世的，這是第四人了。」

間宮說道。

「不，是第五人。」

春男糾正，順帶告訴間宮，送酒給湊壽館的酒類專賣店員工渡邊秀明也過世了。遺體發現得晚，謠傳他的臉被老鼠啃爛，但實際情況恐怕是他的眼球在死亡時爆裂了。

「渡邊……」

間宮掏出筆記本，翻開一頁。

「森川提過這個名字，他說恐怖故事就是從這傢伙口中聽來的。」

「他還有說什麼嗎？」

「嗯，只要聽完故事就會被詛咒。他全部告訴我了。」

「全部？」

「女人追趕男人，最後忽然用手指向聽眾。是名叫SHIRAISAN的女人的故事，沒錯吧？」

春男渾身一僵。來不及了，他已被牽扯進來。

「真可憐。」

春男看著間宮脫口而出。誰教他執意要調查，自作孽不可活。如果他不要管這件事，就不會被詛咒。憂傷一閃而逝，接著一股怒氣湧上心頭。

「你恐怕也被詛咒了。」

「詛咒……你真的相信嗎？不，可是……」

直到今天早上為止，間宮多半只會一笑置之，反駁這種毫無科學根據的事不可能發生。可是，森川俊之真的死了。

「詛咒這種東西，真的存在嗎？」

幾個湊壽館的員工站在走廊盡頭交談。頂著妹妹頭、戴眼鏡的女員工一副深受打擊的表情，差點腿軟倒下，其他人趕緊扶住她的肩膀。應該是森川俊之的死訊傳到同事耳裡了吧？春男沒見過那名青年，但看到他們的反應，內心不免一陣苦澀。

山村瑞紀傳ＬＩＮＥ來時，春男已跟間宮分開，回到自己的房間。她說終於睡醒，在二樓吃早餐。昨天晚上在旅館房門前道別時，她仍有點恍神，春男還擔心她無法自行爬上床睡覺。春男下定決心，往後一口酒都不能讓她沾。

春男透過ＬＩＮＥ把從間宮口中得知的消息都告訴她。間宮已聽過SHIRAISAN的恐怖故事，再也不能置身事外，還有，兩人在大廳交換目前為止掌握到的所有資訊。

間宮說，昨天晚上與妻子冬美通話時，也把SHIRAISAN的故事告訴她了。這樣一來，現階段光是春男等人知道的範圍內，受詛咒的就有四人。

不過，實際上可能有更多人聽過SHIRAISAN的恐怖故事，只是他們還不知道罷了。畢竟在今天早上之前，兩人連有森川俊之這名青年都不知道。

上午十點左右，三人相互聯繫後，在大廳會合。山村瑞紀搭電梯下來，維持一貫的低頭姿勢，分別向春男和間宮頷首致意。

「我聽說了。」

從她面對間宮的態度看來，已不如昨天那麼戒備。

「那就好。今天妳願意告訴我詳情了吧？」

「昨天我們避開你，是希望你遠離這件事，避免增加被詛咒的人數。既然事情已發生，大家就應該合作。」

間宮的車停在旅館的停車場，是一輛白色小客車。春男和山村瑞紀並排坐在後座，間宮發動車子。

天空烏雲低垂，環繞溫泉鄉的群山，山頂皆籠罩在雲中，輪廓十分模糊。由於間宮事先在車上的導航系統輸入目的地，預計三十分鐘左右就能順利抵達。

渡邊秀明的老家位在古老民房林立的地區，庭院裡種著松樹，間宮將車子駛入圍牆內。或許是聽到汽車的聲音，一名高大的男人從玄關走出來，向三人點頭致意。他戴著眼鏡，頭髮梳理得很整齊，看起來性格嚴謹，約莫三十五歲左右。那是渡邊秀明的哥哥，渡邊龍司。昨天春男聯繫過他，表明今天想來上香。

「我是昨天打電話過來的鈴木。」

「我一直在等你們來。」

三人下車，在玄關與渡邊龍司打招呼。間宮掏出名片，遞給他。

「你在出版社工作？」

渡邊龍司看了眼名片，大吃一驚。

「以前碰巧有機會認識秀明。」

間宮說，過去為雜誌撰寫湊玄溫泉特輯的報導時，曾請他介紹美味的地酒。八成是瞎掰的，但渡邊龍司並未懷疑，相信了間宮的話。

「請進。」

渡邊龍司神色憔悴。倒也難怪，畢竟他的弟弟過世了。春男一想到他的處境跟自己雷同，不禁心生同情，忍不住揣測，他聽到間宮杜撰的藉口，是不是也會感慨發現了弟弟的另一面？

他領著春男一行人來到佛壇所在的房間。面對遺照，春男才第一次知道渡邊秀明長什麼模樣，五官和哥哥極為相似。渡邊龍司說現在這個家裡，只有他一人。

春男等人依序在佛壇前合掌祭拜。他們以三人的名義準備奠儀，交給渡邊龍司。和室桌上已備好熱茶，眾人開始閒聊。

「謝謝你們今天特意過來。」

渡邊龍司深深低下頭。他侃侃而談，說弟弟熱愛日本酒，在酒類專賣店工作如魚得水，還提到根本沒想過弟弟竟會比自己早走。春男等人則盡職地扮演秀明朋友的角色，流暢地對話。

渡邊龍司望著遺照說：

「我們最後一次見面，是在大掃除的時候。我考慮要重新翻修這個家，便叫他回來，整理出不需要的東西。」

「他曾提起大掃除時找到以前的日記嗎？」

坐在春男身旁的山村瑞紀，目光停留在茶杯上，開口詢問。根據酒類專賣店員工所說，渡邊秀明是重讀大掃除時翻出來的日記，才想起小時候聽過的恐怖故事。

「以前的日記？唔，我不清楚。」

渡邊龍司似乎真的不曉得。渡邊秀明很可能沒向哥哥提起日記的事。

「日記怎麼了嗎？」

這次輪到間宮發問：

「他在喝酒時，講了一個以前寫在日記裡的恐怖故事。是一個女人從背後追趕男人的恐怖故事，你聽過嗎？」

渡邊龍司搖頭。

「我沒印象。」

此人沒聽過那個詛咒故事。光是確定這一點，三人就大大鬆了一口氣。當然，如果能把渡邊秀明小時候的日記帶走銷毀更好，只是在這種氣氛下實在不好開口，請求渡邊龍司讓他們帶走弟弟的遺物。

「對了，以前這附近是不是住了一位學者？秀明說小時候常去找那位學者玩。」

鈴木春男發問。據說，把那個恐怖故事告訴少年時期的渡邊秀明的，就是住在附近的學者，他想確認是否真有其人。

「啊，你是指溝呂木老師吧。」

「溝呂木？」

「他是專門研究民俗學的教授。小時候我們常去他家玩，他太太每次都會準備美味的點心和可爾必思。他們家有好多有趣的書，像是畫著妖怪圖像的畫冊之類的。」

渡邊龍司流露懷念的神情。春男在腦袋裡描繪他和弟弟一起去那位學者家玩耍的畫面，只是在想像中，那對兄弟的臉置換成自己與和人的臉。

「溝呂木老師還健在嗎？」

間宮一問，渡邊龍司黯然回答：

「老師在我們小時候就心臟衰竭過世……對了，他過世時，因為太痛苦，眼睛還飛出去了……」

離開渡邊家後，間宮開車載兩人回湊壽館。途中在路邊的蕎麥麵店吃午餐。等待餐點送上來時，三人用手機上網搜尋民俗學家溝呂木的資訊。

他的全名是溝呂木弦，專長是研究地方風俗、深植地域的婚喪喜慶儀式，出版過幾本著作，曾在關東的大學任教，晚年舉家搬到F縣Y市，持續進行個人研究。他已於二十年前離世，死因是心臟衰竭。網路上找不到有關他的遺體眼球爆裂的訊息，很可能只在當地居民之間流傳。這位學者是詛咒的犧牲者，同時也是傳播詛咒的媒介。

「欸，詛咒這種東西真的存在嗎？」

走出蕎麥麵店，再度握住方向盤後，間宮忍不住又問了一次。坐在後座的鈴木春男回答：

「你夠了沒，快點面對事實啦。」

「對了，我得叫冬美保密。」

「拜託你盡快。」

後來，春男和山村瑞紀在車內討論是否該延長住宿。原本只預訂兩晚的房間，明天就得退房。

「瑞紀，妳覺得呢？」

「再多住一晚沒關係。」

回湊壽館後，兩人先去詢問能否延長住宿，櫃檯人員表示沒問題，於是延長了一晚。下午前往當地的圖書館尋找溝呂木弦著作，可惜空手而歸，他們決定明天再去其他圖書館碰碰運氣。

3

去電詢問後，發現鄰縣的國立大學圖書館有收藏溝呂木弦的著作。從F縣Y市開車走高速公路，單程也要一小時。跟昨天一樣，瑞紀與春男坐在後座，由間宮負責駕駛。行駛中的車內幾乎沒人交談，一路上只見清冷沉鬱的群山綿延不絕，偶爾才能看見像是水塔的建築物一晃而過。好久沒看到晴朗的藍天。

駕駛座上的間宮，握著方向盤的左手無名指戴著戒指。出版界人士牽扯進來，瑞紀心裡多少有些擔憂。瑞紀不希望好友的死成為記者大作文章的題材。要是引發社會大眾的關注及騷動，總覺得對香奈有點抱歉。

但間宮分享的資訊，確實令人感激。名叫森川俊之的青年告訴間宮的話，對一直在黑暗中摸索的瑞紀等人幫助很大。間宮把採訪當時的對話用錄音筆錄下來，也讓瑞紀和春男聽過。

一月三十日夜裡，森川俊之從湊壽館回家的路上，遇見眼睛大得離奇的女人。那不是看錯，也不是幻覺。那女人恐怕不是人類，甚至說不準是否屬於這個世界。那是從人們口耳相傳的故事中爬出來的怪物。故事中提到「只要被追上就會死」、「只要被抓到就會死」之類的說法，森川俊之大概是及時想起，拉開距離才逃過一劫。

只要一直盯著那女人的眼睛，她就不會靠近。森川俊之分享的這項資訊，說不定日後會拯救我們的性命——瑞紀眺望著窗外寂寥的景色，在心中深深感謝那名青年。

就算成功逃離一次，那女人仍會不斷找上門。森川俊之的死，證明了這一點。只是，既然知道不轉移視線，那女人就不會靠近，第二次怎麼還是被逮住？究竟是什麼原因？剛好發生其他事，讓他分了心嗎？還是，內心太煎熬，撐不下去？

想破頭也不可能知道答案。坐在後座的瑞紀無意識地摸了摸左腕上的繃帶。過了兩週，傷口仍會痛。那天，香奈在咖啡店一直注視著窗外，想必是因為那女人就站在那裡。當時，瑞紀什麼也看不見。想必只有聽過那個恐怖故事，知曉那女人存在的人才看得見吧？

那女人接近，香奈嚇壞了，緊緊抓住瑞紀的手臂，力氣大到像在求救。殘留在手臂上的抓痕，正是香奈不願被帶離這個世界，抵抗不明不白死去的命運的證據。

三人前往造訪的國立大學位在丘陵地帶。在停車場停好車，他們進到圖書館，在櫃檯取得入館許可。館內有為學生設置的自習區及咖啡雅座，搭電梯上三樓，放眼望去全是一排排的書架，架上擺滿各種領域的學術書籍。

三人在很裡面的位置找到民俗學的書架。

溝呂木的著作有三本。其中一本是以居住山地的流浪族群「山窩」為題，剩下的兩本則專門記述每個地區婚喪喜慶儀式之間的差異。三人決定分頭閱讀，尋找有用的訊息。

瑞紀拿起《結婚與喪禮》，這是溝呂木晚年出版的著作。讀到差不多一半時，她發現一頁的內容頗有意思。那一頁是介紹過去存在於F縣Y市山上的一個村落的葬禮。在那個村子裡，火葬時會將死者的雙手合十，以絲線貫穿，並繫上鈴鐺。萬一死者甦醒，鈴聲一響，大家就能馬上得知。放眼日本全國各地，這種風俗仍十分奇特，從此一喪禮儀式，便能窺見當地居民對死者的想法。

「鈴鐺」一詞吸引了瑞紀的目光。印象中，那個恐怖故事裡，眼睛大得離奇的女人是伴隨著鈴聲一起出現。書裡也提及，擁有這項風俗的村子叫「目隱村」。

瑞紀立刻呼喚鈴木春男和間宮幸太過來，給他們看提到目隱村的那段文字。

「寫這本書時，溝呂木弦已搬到F縣Y市。可能是有什麼契機讓他得知這個村子，引起他的興趣。」

間宮這麼推測。儘管篇幅不多，書裡還是描述了一下目隱村是怎樣的地方。那個村子擁有獨特的山岳信仰，為了進行祈禱調伏的儀式，政府會派遣使者過去，於是帶動當地溫泉鄉的發展。

「什麼是『祈禱調伏』？」

瑞紀發問，鈴木春男回答：

「大概是一種咒殺敵人的儀式。我記得『調伏』是指咒殺對方。」

「你好清楚。」

「我最近查了許多與詛咒相關的資料。蒙古來襲時，朝廷也曾四處花錢找人詛咒敵方。什麼宗派都無所謂，連密宗和在山裡徒步修行的修驗者，他們都不放過。畢竟攸關國家的存亡大計，他們把所有能拜的神明都拜了一輪，其中一個地方，可能就是目隱村。」

太平洋戰爭結束後，沒多久目隱村就因傳染病而滅村。

三人翻找二戰前的古地圖，想比對出目隱村的所在位置，發現那座村落位在距離湊玄溫泉開車幾十分鐘的山上。然而，對照新地圖，卻沒找到通往那座村落的道路。

鈴鐺和詛咒，找到兩個關鍵元素。溝呂木弦晚年調查過目隱村，或許是在蒐集資料的過程中得知那個恐怖故事。三人討論出此一答案。畢竟民俗學家蒐集當地的古老傳說，是很自然的舉動。

回到湊壽館時，夕陽已下山。三人決定去附近的居酒屋吃晚餐，兩個男人都點了酒，只有瑞紀點了無酒精飲料。

「間宮先生，你沒遇到什麼類似靈異現象的狀況嗎？」

鈴木春男主動詢問。

「靈異現象？」

「據說，那傢伙會不斷透過一些靈異現象來消磨我們的意志力，讓我們精神虛弱。只要先削弱我們的生命力，真要發動攻擊時就容易許多，不是嗎？」

間宮思考片刻，似乎心裡有底。

「這麼一提，我的確在旅館房間裡，看到不尋常的東西。」

間宮說是鏡中的倒影。他在理應只有自己一人的房內，看到陌生女人站在陰影裡。

「那就是受到詛咒的證據，百分之百沒錯。間宮先生，你真的被詛咒了。」

「拜託你不要那樣講話。」

瑞紀在一旁聆聽鈴木春男與間宮的對話，默默吃著日式冷豆腐與馬鈴薯沙拉。

「我們是明天退房吧？」

看準兩人的對話告一段落，瑞紀開啟新的話題。間宮主動邀請兩人坐他的車回東京，以便在路上商討今後該如何應對。

「回東京前我有一個地方想去看看，你們要一起來嗎？」

「哪裡？」

「目隱村。可能走到一半就沒路了，但我想試試能多靠近。」

瑞紀和鈴木春男接受間宮的提議。三人決定明天早上離開湊壽館後，前往那個消失在地圖上的村子。

4

早上十點，間宮退房後，便在湊壽館的大廳等待。過一陣子，山村瑞紀和鈴木春男分別帶著行李下來。這兩人在交往嗎？間宮一開始曾這麼猜想，但從他們談話的內容聽來，不像是情侶關係。他們說是在這次的連續離奇死亡事件中認識的。剛痛失好友和家人，又身陷超乎現實的惡劣處境，應該沒有戀情萌芽的餘裕。

從旅館走到停車場，鑽進車內。間宮坐在駕駛座，兩人坐在後座。天氣十分寒冷，晨風冰涼到刺痛皮膚。間宮先發動引擎開暖氣，卻沒辦法一下就溫暖起來，車內宛如冰窖。雖然待在車裡，呼出的氣息也是白色的。

「那就出發嘍？」

「麻煩你了。」

聽到間宮的詢問，鈴木春男開口回應。於是，間宮換檔前進。

從後照鏡可看見山村瑞紀繫上安全帶。她是一坐到後座，就理所當然地繫好安全帶，並確定扣緊的類型。真是認真的傢伙。

當然，每名乘客都有義務繫安全帶，可是就間宮身為一個普通市民的印象，很多人並未認真看待後座乘客的安全防範工作，日本全國依然充斥著「坐在後座不綁安全帶也無所謂吧」的氛圍。

以前去某個先進國家採訪，坐上計程車後，只要後座的間宮沒繫上安全帶，司機絕對不會開車。沒想到海外這個觀念推行得如此徹底。在這些國家的人民眼裡，日本的安全觀念恐怕非常落伍。

無視通往東京的高速公路入口，直接將車子駛向山上。鈴木春男比對著在圖書館影印的古地圖和手機上的地圖ＡＰＰ，一邊指示前進的方向。目隱村已不存在，該怎麼開到目的地，三人也不是很確定。不過，大家決定盡可能開到附近。如果運氣好，通往村落的道路依然保持可通行的狀態，或許能去廢村的遺址瞧瞧。

間宮確信目隱村就是那個詛咒誕生之處，暗自期待造訪當地能找到解開詛咒的線索。

一開進山路，路幅就變得十分狹窄，坡度也很陡。兩旁全是針葉樹林，視野極差。偶爾能從樹幹的間隙隱約窺見山麓的城鎮，得知目前的標高。由於路面狹窄，間宮擔心萬一遇上要會車的情況會很麻煩，幸好對向一直都沒有來車。

輪胎勉強駛過山路的邊緣，再往外幾公分就是一道大陡坡，後座的兩人神情也相當緊張。

「這條路真的對嗎？」

間宮頻頻向在後座看地圖的鈴木春男拋出同樣的問題。

「間宮先生，請走這邊。」

駛進岔路後，這裡的路沒鋪柏油。車子在裸露的泥土地上前進，枯黃雜草不斷摩擦著車體下方。終於，一棵橫倒的樹木阻斷去路，沒辦法再往前開。

看來就到此為止了。間宮停車，開門出來。那棵倒地的樹木後面，依然有一條沒鋪柏油的路繼續延伸，但看不見像是廢棄村落的地方。山路一直延伸至雜木林茂盛的昏暗地帶。他向從後座下車的兩人說：

「開車最多就到這裡。」

「從地圖上來看，目隱村在前面。」

感覺不是走不到的距離，只是必須翻過一座小山。那種地方真的曾有村落嗎？為什麼那些人不選擇更方便的平原居住？還是，他們信奉的對象就在那塊土地上，不繼續在那裡進行祈禱就無法生存？昨天才剛在圖書館翻閱溝呂木弦的著作，三人對於土著的信仰及山岳信仰，多少有些基本的認識。

間宮和鈴木春男決定讓山村瑞紀留在車上，兩人先去探路。他們前行時不斷撥開枯草，沒多久路就消失了。從地上的痕跡看來，幾十年前似乎發生過山崩。大塊岩石及無數砂礫堵住道路，而石頭縫隙中，各類青草長得頗為茂盛。要繼續前進，以現有的裝備不太可能。

從烏雲密布的天空降下雪花，氣溫低到靈魂彷彿都要結凍。環繞著道路盡頭的群山昂然聳立，雲朵就貼在山頂附近，宛如輕撫地表般飄然挪動。群山形成的巨大黑影，彷彿正低頭望著兩人，不知為何，令人莫名害怕起來。

間宮和鈴木春男回到車上，與山村瑞紀會合。引擎一直開著，因此車內十分暖和，兩人終於能放鬆一下緊繃的神經。

「回東京吧。」

後座的兩人紛紛附和間宮。

雪花紛飛中，間宮心驚膽顫地倒車，尋找可迴轉的空地。車子大半都陷進枯黃的草叢，他才成功轉了一百八十度，往山麓前進。

「瑞紀，那是什麼？」

「剛才在等你們的時候，我整理了一下至今為止的情況。」

「每三天一次嗎……」

聽到後座的談話聲，間宮瞥向後照鏡，見鈴木春男正探頭看山村瑞紀攤開的筆記本，好奇地問：

「什麼每三天一次？」

鈴木春男回答：

「離奇死亡事件發生的時間。瑞紀剛剛把日期整理過一遍。我弟弟和人過世的那一天是一月二十七日，三天前，香奈過世了。再三天前，是酒類專賣店的渡邊最後一天去上班的日子。警方推測他是在當天晚上過世。每三天就有一人出事，中間都相隔兩天。」

「這麼單純的事實，我們怎麼一直沒注意到？」

聽到間宮的疑問，山村瑞紀應道：

「因為和人過世後，好幾天都沒人出事，直到六天後才換富田詠子……」

鈴木和人的忌日是一月二十七日。

富田詠子的忌日是二月二日。

這樣的空白形成誤導，他們才忽略了每三天就會發生一次離奇死亡事件的規律。

不過，現在終於明白為什麼會有五天的間隔。

「一月三十日晚上，眼睛大得離奇的女人去找森川，而他活下來了。」缺口被補上了。那傢伙每三天就會出現在某個人的面前。

車子駛離裸露的泥土路，回到柏油路上。在下坡路段，只要一個閃神就會失速。兩側都是大片針葉樹林，斜坡上林立著無數色彩如石頭般灰暗的筆直樹幹。

「富田詠子過世的三天後，二月五日就輪到森川俊之吧？他是那天過世的。」

鈴木春男接著說：

「如果下一次再有人出事，就會是在那三天後，也就是二月八日，今天。」

車內的氣氛急轉直下，再也沒人開口。

烏雲徹底遮掩住陽光，儘管還是大白天，四周卻十分昏暗。亮起車燈後，車子穿過在空中飛舞的無數雪花，奔馳下坡。馬路終於變寬了些，間宮加快車速。他想盡早離開這座山，回到有人煙的地方，緊握方向盤的手指發涼。

事情就發生在他開到髮夾彎之際，彎道內側也有眾多針葉樹矗立著，林間深處顯得相當幽暗。轉過彎道時，他在層層疊疊的樹幹縫隙中，瞥見小小的人影。亮色系衣服的一角，在黑壓壓的樹林中格外顯眼。

密密麻麻的針葉樹遮蔽了視線，但間宮一直盯著，又從樹幹縫隙瞥見那個小小身影。這次看得更清楚，是一個孩童。有個女孩在針葉樹林裡獨自玩球。這種深山怎會有孩童？疑惑掠過他的心頭，隨即消失。

那個小女孩發現間宮的車子，抬起頭。是真央。間宮死去的女兒，不知為何出現在那裡。

「間宮先生！」

聽見鈴木春男的喊叫聲，間宮回過神，前方已沒有路。前輪駛出路面，車體劇烈搖晃，後座傳來山村瑞紀的尖叫聲。間宮急著想讓車子回到正軌，但在這種狀態下，沒辦法控制車子的方向。彎道外就是一道大斜坡，可能是車體前半部掉下去，後輪就懸空了，瞬間響起輪胎的空轉聲。接著，車子底部傳來一股向上頂的力量，間宮的身體飛離座椅，看見擋風玻璃前方的天空後，下一秒視野就大幅翻轉，只看得到斜坡下方。接著，他的身體被座椅猛烈推向前，車子高速滑過坡面發出摩擦聲，造成劇烈搖晃。身體在車裡被甩來甩去，不斷撞到各種地方。聳立在斜坡上的樹幹快速逼近眼前、顯得越來越大，霎時，擋風玻璃化為碎片，簡直像整個世界都破碎、震飛了出去。

5

三人像是置身於製作雞尾酒的調酒杯，如果沒繫安全帶，搞不好早就被甩離座位，重重撞上車子的天花板，導致脖頸骨折。撞擊聲震耳欲聾。車子猛烈撞上樹幹的瞬間，擋風玻璃化成的無數碎片，甚至飛到後座的瑞紀身上。

車子徹底停住，轉瞬之間，一切又恢復寂靜。連引擎聲、輪胎轉動聲都消失，只剩泥土和碎石從斜坡滑下，擊打車身發出「啪啪啪啪」的細碎聲響。

瑞紀勉強保持清醒，但劇烈的衝擊和身體的疼痛令她說不出話。剛才車體搖晃得太劇烈，全身上下都撞到了。幸好感覺沒骨折或受重傷。瑞紀不住咳嗽，轉頭查看同伴的情況。

「鈴木……間宮先生……」

即使呼喚他們的名字，也沒人應聲。

瑞紀身旁的鈴木春男血流如注。他的頭撞傷了，無力地垂著，側頭部不停滲出血。不過，他應該只是昏過去，胸口依然規律起伏，還有呼吸。駕駛座上的間宮情況差不多，趴在方向盤上，動也不動，看來也是昏迷了，斷斷續續發出微弱的呻吟。兩人都還活著，瑞紀不禁鬆一口氣。

解開安全帶後，瑞紀差點從座位上摔落。因為車子在斜坡中段卡到針葉樹的樹幹，呈現傾斜的狀態。瑞紀想開車門，但車體變形，怎麼也打不開。她使盡全力一撞，車門才勉強動了，終於能出去。

壓扁扭曲的引擎冒出陣陣白煙，往斜坡上林立的針葉樹林空隙緩緩擴散。灰濛濛的天空依然不停降下雪花，雖然不到會積雪的程度，依舊寒冷刺骨。

必須設法把兩人移出車外，讓他們躺在地上才行。可是，駕駛座的車門，及後座鈴木春男那側的車門，都沒辦法從外面打開。沒轍了，瑞紀只好從剛才出來的那側鑽進去，將手臂穿過鈴木春男的腋下，試著拉他出來，他卻文風不動。力氣太小了，瑞紀十分懊惱。

得想辦法求救。瑞紀從掉落在地上的包包掏出手機。動作要快點，車裡應該還有汽油。萬一汽油漏出來，一不小心哪裡產生火星，恐怕會一發不可收拾。然而，天不從人願，手機螢幕顯示收不到訊號。

瑞紀決定只帶著手機離開。

「我馬上回來。」

對昏迷不醒的兩人說完，瑞紀開始攀爬斜坡。乾燥的白色泥地上覆蓋著層層枯草，只有車子滑落的地方翻出底下的黑土。瑞紀非常謹慎，一邊爬一邊留意別滑下去，好不容易回到汽車剛剛奔馳的那條馬路上。她的目標是走到有訊號的地方，打電話求救。

低頭瞥了眼斜坡上的汽車，瑞紀毅然向前走。沿著通往山麓的方向前進，她頻繁檢查手機螢幕。一直收不到基地台發送的電波，顯示可通話狀態的天線符號遲遲不出現。

山路蜿蜒曲折，左右兩側都是幽深的針葉樹林。厚重雲層遮蔽太陽，不過就算天氣晴朗，樹林裡恐怕依舊很暗吧？沒有動物活動的跡象，萬籟俱寂的山中，只有純白雪花無聲地從天而降。到山麓還有多遠？現在的標高是多少？這些瑞紀都不清楚。

針葉林深處的樹幹縫隙中，白茫茫的大團霧氣宛如猛獸爬行，不斷靠近，逐漸籠罩瑞紀的四周。雪仍下個不停，視野很差，看不清前方的路。在大霧中下雪，瑞紀頭一次體驗到這種天氣。

針葉樹筆直的剪影與白色世界模糊相連，像是一根根支撐著巨大建築物的柱子。疲勞及全身的疼痛使得雙腳使不上力，好想停下來，好想乾脆坐下來。瑞紀強忍著想放棄的衝動，繼續檢查手機螢幕，卻還是收不到訊號。

視野瞬間變暗又恢復。可能是意識逐漸模糊、快要昏倒的徵兆，也可能是有什麼龐然大物站在山頂上，擋住厚重雲層後方的太陽。

鈴！鈴聲響起。

瑞紀停下腳步，凝視著前方的道路。白霧瀰漫的山路上，有人蹲在那裡。由於隔著一段距離，看不清細部的輪廓。人影緩緩站起。從那一頭長髮，看得出是個女人。

瑞紀雙腳顫抖不已，全身都沒了力氣。

是她。

是那個恐怖故事裡出現的女人。

女人靜靜站著，一直望著瑞紀。白霧模糊了女人的長相，只能隱約看到形影，然而，那股視線已造成莫大的心理壓力。只要被逮住就會死，的確非常恐怖，但在此之前，光是那個超乎現實的怪物本身，便教人怕得心臟一陣絞痛。

瑞紀沒將目光從那女人身上移開，是因為想起森川俊之說過的話。必須趕緊下山，走到有訊號的地方才行，可是現在這種情況，她的身心都在抗拒繼續前進。朝那女人走近，這種事根本連想都沒辦法想。瑞紀不斷後退，拉開距離。

瑞紀……

忽然傳來叫喚聲，瑞紀停下腳步。那聲音十分熟悉。不是前面那女人發出的，而是來自背後，從後頸附近傳來。

欸，看我這邊呀，瑞紀……

有人站在瑞紀的身後，距離近到甚至能夠聽到呼吸聲，還有衣服擦過的聲音。

瑞紀想將目光轉到後面，確認背後那個人是誰。

淺粉紅色的衣角進入視野，果然是她。身後的人是香奈。

即將與她面對面之前，鈴聲響起。瑞紀霍然想起，絕不能移開目光，趕緊將注意力放回前面。

那女人靠近了。距離只剩下剛才的一半，瑞紀轉回視線的同時，女人也停下動作。長長的髮絲和從雙手垂下的紅線不住擺盪。紅線穿過手背上的孔，尾端繫著小鈴鐺。那副模樣跟溝呂木弦在書裡描述的，目隱村處理死者的方式如出一轍。

瑞紀，我們是朋友吧？

即使摀住耳朵，也無法阻擋香奈的聲音從身後鑽進耳裡。好想回頭，但瑞紀必須牢牢盯著前方的女人。她很清楚，絕對不能別開視線。

女人的那雙眼睛，透過披垂在臉上的黑色髮絲縫隙窺伺。那雙大得不像人類的眼睛，給人一種視覺遭到扭曲的錯覺。內心強烈排斥那女人的臉，不願接受眼前所見的景象，瑞紀好想像平常一樣低頭看著自己的腳。好想阻絕外界的訊息，逃離那張駭人的臉。

這一瞬間，方才從馬路低頭往下望的那一幕閃過腦海。斜坡下方，汽車的擋風玻璃裂成數不清的碎片，車頭也扭曲變形，鈴木春男和間宮幸太還在裡面。瑞紀無從判斷他們究竟傷得多重，可能需要盡快急救。

不能移開視線，瑞紀叮囑自己，筆直望著那女人。必須設法活下去，必須去找人來幫忙才行。

恐懼絲毫沒有淡去。光是注視著前面的女人，瑞紀就感覺自己的生命一點一滴流失。那女人穿著和服，打著赤腳，嘴唇周圍滿是瘀青，彷彿是遭到毆打的痕跡。漆黑的雙眼簡直像巨大的洞穴，在無盡的黑暗中，滿是死亡的氣息。光是置身於女人的視線範圍內，靈魂便快要結冰。女人沒再靠近，只是佇立原地。然而，僅僅是維持這種看與被看的關係，瑞紀就感覺自己的存在正遭到蠶食鯨吞。

妳揮開我的手……

瑞紀搖頭頭，內心快要崩潰了。

看我這邊……

驚悚而冰冷的聲音。她不曾用這種語氣說話，但瑞紀知道，朝自己說出這些話的確實是香奈。

「香奈，不要這樣。」

淚水湧出眼眶，模糊了視線。

我們是好朋友，妳卻揮開我的手……

「妳別這樣。」

香奈卻沒停止。

看我這邊呀……

雙腳失去力氣，跌坐在地。瑞紀再也撐不下去，雙手摀住臉。

鈴聲響起。瑞紀明白那女人正在接近，自己就快死了吧？下一秒就會被那女人逮住，心臟停止跳動，雙眼爆裂吧？在雙手製造的黑暗中，瑞紀等待那一瞬間的降臨。

肩膀忽然被抓住，她已有赴死的覺悟。

「瑞紀！」

一道聲音響起。瑞紀沒辦法立刻明白發生什麼事，總之，她曉得自己還活著。抬起頭，發現那女人來到比剛才更近的位置，但還沒近到足以抓住她。

「妳不要緊吧？」

頭上仍在流血的鈴木春男，跪在瑞紀的身旁。

「鈴、鈴木……」

瑞紀的聲音顫抖著，沒辦法正常講話。他怎會在這裡？他追過來了嗎？肩膀上那雙手的觸感及溫度令人無比安心。他是真實的，不是幽靈也不是幻影。他的目光直直投向前方那個眼睛大得離奇的女人，瑞紀忍不住問：

「你看得見？」

「對。」

他神色緊張地點頭。

原本站在身後的香奈是不是不見了？從他的反應看來，可知剛才一直在瑞紀後方的香奈已消失。

「妳站得起來嗎？我們離那女人遠一點。」

在鈴木春男的攙扶下，瑞紀站起身。兩人的目光緊緊黏在那女人身上，逐漸往後退。

6

眼睛大得離奇的女人佇立著。

透過垂落臉孔前方的黑髮縫隙，兩潭深淵正凝視著這邊。不該存在於這世上之物，就在那裡。只要看一眼，就會立刻明白。

這女人肯定就是殺害和人的那個詛咒的真面目。在此之前，春男想著要替弟弟報仇，然而實際與她面對面後，滿腔衝動頓時消散。站在那裡的，絕非人類有辦法應付的怪物。

眼前的情景超乎常理。瀰漫山路的白霧中，一個擁有人類女性的輪廓、言語難以形容的怪物，一直注視著這邊。只要稍微鬆懈，就會因太過害怕而失去理智，徹底發瘋。

山村瑞紀就在春男旁邊。兩人用相同的速度往後退，但春男無法確認她是什麼表情。絕對不能從那女人身上移開目光。

「我馬上回來。」

即將恢復意識前，這句話鑽進春男的耳朵。

睜開眼，映入眼簾的是遍布車內的擋風玻璃碎片，側頭部又熱又痛，間宮昏倒在駕駛座上，卻不見山村瑞紀的蹤影。可能是去求救了，春男心想必須趕緊找到她。

現在絕對不能落單，至少得兩個人結伴才行——春男直覺這麼認為。要應付擋在面前的人形怪物，恐怕只有這個辦法。

只要看著那女人，她就不會靠近。一別開眼，她就會接近。

如果兩個人在一起，就算其中一人不小心移開目光，因為另一人還看著那女人，應該能阻止她靠近。

發現山村瑞紀大概是隻身去求救時，春男就有預感那怪物會向她下手，於是想著絕不能丟下她一個人。

垂落的紅線尾端繫著鈴鐺，那女人依然注視著這邊。春男讓那女人待在自己的視線範圍內，開口問瑞紀：

「妳有沒有發現剛才間宮先生的神色不太對勁？」

「怎麼說？」

山村瑞紀的聲音在顫抖。

「開車時他似乎看見什麼，表情很震驚，然後車子就衝出山路。」

「他是看見什麼呢?」

「不知道,不過我猜八成是那怪物幹的好事。應該不是間宮先生疏忽,而是那怪物設下圈套害他恍神。」

中計了,三人被逼上絕路,分散行動。

讓三人分開,再逐一殺害。越孤獨的人,越容易死亡。

Memento mori,勿忘你終有一死。前幾天父親說的話,忽然浮現在春男的腦海。當時在整理弟弟的住處,父親將生死學的書放進紙箱,說了句「沒想到和人居然會看這麼深奧的書」。

勿忘你終有一死。好好凝視著死亡,不要移開雙眼。

此刻站在眼前,擁有女人身形的,正是死亡本身。我們有朝一日都會死——儘管春男不想接受這個事實,那一天仍終將到來。對於自身消亡的那份恐懼化為具象,就站在那裡。

「啊……」

一直後退的山村瑞紀發出驚呼,同時,春男感覺腳踩空了一下。

剛才春男全副心神都放在前方的女人身上,沒發現來到轉彎處。這條路沒有護欄,旁邊就是大斜坡。春男和山村瑞紀同時踩空,幸好沒滑下去,及時往前一跪，四肢撐著地面，逃過一劫。只是，兩人的目光都離開了那女人。

鈴！鈴聲響起。

春男抬起頭，那女人來到距離兩人只有幾公尺的地方。

黑色長髮與繫著鈴鐺的紅線，不住晃動著。

女人的臉上不帶一絲情感，雙眼宛如黑漆漆的洞穴。

山村瑞紀忍不住啜泣。春男扶著她手臂站起來，再沿著路面的弧度往後退。要撐多久那女人才會消失？每一秒內心的恐懼都在擴大，逐漸侵蝕心智。

哥……

背後傳來和人的聲音。

春男與山村瑞紀同時停下動作，不過奇怪的是，她喊了聲：「香奈？」和人的聲音在她耳裡，似乎變成加藤香奈的聲音。

我好怕……

不能回頭去看和人。

身後弟弟站立之處傳來液體滴落的聲音。

那傢伙要把我帶走。

救我，哥……

有股食物腐爛的臭味。

看看我呀……

春男右手緊緊握住戴在左腕上的手表。弟弟很珍惜的手表。那堅硬的觸感提醒春男什麼才是現實。

「和人，你聽得見我的聲音嗎？」

哥……

如果我沒出生就好了……

胸口一緊，春男明明沒那麼想。

「我從來沒討厭過你，你是我最重要的弟弟。真的。那只是小時候說的氣話，我不是真心的。和人，其實我一直以你為榮，很慶幸你是我弟弟。」

看看我呀，哥……

我好怕……

你來陪我……

「我也想去陪你，可是我現在不能離開這裡，不能丟下身旁這個人，讓她孤單一人，抱歉。我們一定要互相幫助，不然馬上會被那怪物逮住。」

我不想死……

我好寂寞……

好想轉身抱緊弟弟，但現在只能牢牢盯著前方。不曉得講了多久的話，春男不停安慰和人。

磅！身旁傳來一道聲響。

山村瑞紀倒在地上。約莫是疲勞和緊張終於耗盡她的力氣。

春男也感到有些恍惚，小心地將那女人保持在視線範圍內，在山村瑞紀的旁邊坐下來，抱住她，像在保護她。

籠罩山路的白色霧氣彷彿有黏性，緊緊包覆全身。針葉樹的剪影、那女人的輪廓，都逐漸消融在一片白茫茫之中。看不見那女人，春男心裡發慌。她在哪裡？春男的目光四處梭巡，尋找那個由死亡與虛無化成的人形，卻沒找到，也沒聽見鈴聲。

眼前是全白的世界，一個小小的光點浮在半空中。凝神細看，光點漸漸變大，朝春男靠近。他心生害怕，想要逃跑，卻疲憊得站不起來，更何況，不能丟下山村瑞紀獨自躲避。春男抱緊她，注視著越來越近的光點。

直到光點大到有些刺眼，春男才發現光點不只一個，其實是兩個光點左右並排。終於領悟那是車頭燈時，一輛輕型卡車從白霧中出現。伴隨著尖銳的緊急剎車聲，卡車驟然停在春男面前。駕駛座上的年長男子睜大雙眼，露出驚魂未定的表情，與他四目相接。

白霧迅速散去，四周的景色逐漸清晰可見。引擎聲、鳥鳴聲、風拂過樹梢枝枒晃動的聲響，紛紛傳進耳裡。那名男子打開駕駛座的門，下車詢問：你們在這種地方做什麼？一放下心，春男差點就要昏過去。看樣子，兩人活下來了。他用僅存的一點力氣，勉強將在前方發生意外、駕駛受傷的事告訴對方。

7

瑞紀待在一個不可思議的空間裡。

四周昏暗，橙色燭火照亮牆壁。

五斗櫃和木箱等雜物堆疊著，她猜測自己是在一個老舊的倉庫裡。

聽得見水滴聲。

腳邊擺著水盆，水滴是落進盆內。

水滴聲在空間裡迴盪，久久不散。

牆壁上有蜥蜴在爬，一察覺到瑞紀的視線，一溜煙就逃走了。

瑞紀發現一面鏡子，映出自己的身影。

好像有人。

從日式五斗櫃的縫隙望去，一道看似十分堅固的木製格狀柵欄，將昏暗的空間一分為二。

到處都貼滿符咒，上頭有類似眼睛的花紋和毛筆字。

一個女人端正跪坐在柵欄內側。

她背對瑞紀，看不見長相。
她的前面有一副小小的人骨。
從頭蓋骨的大小來推測，應該是嬰兒的骨頭。
瑞紀倒抽一口氣，或許就是這一聲驚擾到對方，那女人回頭看向瑞紀。
兩人四目交接。
那是個很美的女人。
瑞紀從夢中醒來。

F縣Y市的醫院裡，瑞紀悠悠醒轉。她的手指滑過自己的臉，確定緊閉的眼皮下方，眼球仍好好地待在裡頭。按下護士鈴，護士很快出現。她接受了幾項簡單的檢查。「鈴木春男和間宮幸太呢？」護士聽到她的問題，告知兩人都平安無事。

距離那場意外已過一晚。原本放在間宮車上的旅行袋，此刻就擺在病房的角落，應該是有人好心幫忙拿過來。瑞紀的掌心有傷痕，大概是下車時遭擋風玻璃的碎片割傷。纏在手腕上的繃帶鬆脫，香奈留下的指甲刮痕變得很淡，幾乎快消失。

「瑞紀！」

病房門口響起呼喚聲。鈴木春男聽說瑞紀醒了，立刻跑過來。

「鈴木……」

見到他的瞬間，瑞紀放鬆下來，忽然很想哭。

記得在那條白霧瀰漫的山路上，獨自與眼睛大得離奇的女人對峙時，他出現了。接著，背後傳來香奈的聲音，瑞紀和她交談好一會。不過，最後的記憶有點模糊，不曉得是什麼時候、又是如何獲救。

春男在瑞紀床畔的椅子坐下。兩人四目相對，瑞紀凝視著他，忽然被他一把抱進懷裡。瑞紀嚇一大跳，卻沒推開，雙手自然地環過他的腰際，緊緊抱住他。對方還活著，升高的體溫讓這份感受更為鮮明。

春男將瑞紀昏倒後發生的事敘述了一遍。那個眼睛大得離奇的女人融進白霧似地消失，一名從事林業工作的男子開車經過，春男請求他幫忙。春男的頭上纏著繃帶，側頭部縫了好幾針，他卻說只受點小傷實在太幸運。

負責開車的間宮沒這麼好運，肋骨斷了好幾根。雖然有意識，但還在加護病房，只有家人能進去探望。他的車滑下山坡，撞得變形，昨天警方前往調查，今天會把車從斜坡拉上來。

下午，警方來到瑞紀的病房，詢問幾個有關昨天那場意外的問題。警方並非懷疑當中涉及犯罪，全是寫報告用的例行問題。警察詢問瑞紀怎會在那裡，瑞紀解釋他們在調查廢棄村落的資料。

瑞紀和春男都只受輕傷，不過保險起見，得住院多觀察一晚。夜裡，一名女子造訪瑞紀的病房。從服裝就能看出她並非護士。那名美女神情疲憊，深深低下頭。

「我是間宮的妻子。」

她自稱間宮冬美，是為丈夫造成的意外前來致歉。

二月十日，聽聞間宮幸太已從加護病房轉到普通病房，瑞紀便與春男一起去探望。他躺在病床上，全身纏著繃帶，間宮冬美陪在一旁。昨天她提過，當初得知丈夫發生意外，她就從東京趕來。

「給你們添麻煩了……」

間宮幸太看著瑞紀和春男，一副過意不去的表情。他連發出聲音都很困難，光講這幾個字已費盡力氣。

「沒關係，你好好休息。」

「幸好你沒事，真的。」
春男和瑞紀異口同聲地安慰他，他露出愧疚的神色。
「我們要先回東京，保持聯絡。」
「嗯。」
將間宮幸太留在病房裡，兩人在醫院走廊的長椅上，與間宮冬美交談。
「出事前一刻，他似乎看到什麼……」
間宮冬美神情迷茫地說。兩人追問究竟看到什麼，她表示丈夫只回一句「我看錯了」，不願多談。
「我猜，或許他看到女兒。」
她這麼推測。
間宮夫婦的女兒，早在幾年前就車禍身亡。
「明天妳要小心，最好跟妳丈夫待在一起。」
春男好意提醒。那個眼睛大得離奇的女人，似乎會以每三天一次、間隔兩天的頻率，去找目標對象下手。至今為止，這個規則是成立的。假設情況不變，下次就是二月十一日，也就是明天，那女人會出現在聽過恐怖故事的某人面前。間宮冬美曾透過手機聽丈夫講述SHIRAISAN的故事，已涉入其中。瑞紀不禁揣測，這幾天她身邊搞不好也曾發生一些奇怪的現象。

「那個……」

間宮冬美神色緊張，像是想說什麼，卻又沉默。

「沒事，抱歉……」

最後，她只深深低下頭。

與間宮冬美道別後，瑞紀和春男揹起旅行袋，坐計程車前往車站。搭上往東京的特急電車後，兩人眺望著窗外景色，一邊交談。天空烏雲密布，寂寥的群山不斷從眼前掠過。

「結果什麼問題都沒解決……」

春男在隔壁座位上隨著電車搖晃，這麼說道。

「是啊……」

兩人千里迢迢來到湊玄溫泉，最後只搞清楚富田詠子說的那個恐怖故事是從何而來。那個恐怖故事和目隱村——現今已不復存在的村落，似乎有所關聯，但詳情不明。現況沒有絲毫改變。儘管這次僥倖逃過一劫，還是有可能跟森川俊之一樣，某一天，眼睛大得離奇的女人又出現在面前。一想起在山路上遇見那女人的情形，瑞紀就怕得無法動彈。

「只是，也有一件好事。」

「什麼好事？」

「我終於能和香奈說再見。」

那是鈴木春男趕到山路後的事。兩人一起後退時，瑞紀背後傳來香奈的聲音。

「香奈就站在我後面。雖然不能回頭，但可以講話。」

看我這邊呀……

她不斷說著這句話，啜泣起來。

瑞紀累得神智不清，仍努力訴說對她的感激之情。

謝謝她願意當自己的朋友。為了揮開她的手深深道歉。

「我大概一直很想好好跟她道別。我把想說的話都說完，背後她的氣息就消失了。原本我一直心懷愧疚。只有她死去，我卻活了下來。」

「我也跟和人講到話了。他覺得寂寞，要我去陪他，不斷懇求我。我拒絕了。我說還想活下去，不能過去找他。」

「我聽到的是香奈的聲音，可是鈴木，你聽到的卻是弟弟的聲音。那是真正的香奈，與真正的和人嗎？」

「真正的？什麼意思？」

「假設那是我們打從心底渴望聽見的話語，就是幻聽。不過，如果是SHIRAISAN把他們從陰間帶過來，企圖轉移我們的目光，可能就是真正的香奈與和人。」

「瑞紀，妳覺得是哪種情況？」

「我也不曉得。只是我希望香奈聽見那些道別的話，所以當然是真正的本人比較好。不過，為此將他們的靈魂從陰間帶來人世，感覺有點殘酷。」

「對方操控死者的能力究竟有多強大，也是一個問題。說不定我們主動交談，會減弱那女人的操控力，香奈跟和人就能釋懷，滿足地回去。」

瑞紀點點頭，放鬆身體隨著電車一同搖晃。

抵達東京車站，瑞紀向鈴木春男道別。

「那麼，明天見。」

「好，明天見嘍。」

兩人各自回家整理行李。好久沒在自家的床上睡覺了。

隔天一大早，瑞紀和鈴木春男在新宿車站前會合。還沒決定今天要去哪裡，總之先選擇兩人都方便到達的新宿。一看到瑞紀，他笑著打招呼，旋即神情又緊張起來。畢竟今天不是來約會。

二月十一日。自從上次遇見眼睛大得離奇的女人，今天是第三天。只要那女人出現的頻率沒改變，今天她出現在某個人面前的可能性極高。注視著那女人時，她不會靠近，所以不能獨自待著，最好結伴行動。

早上先去咖啡廳討論今天要做什麼，兩人很自然地決定去東京鐵塔。幾年前來東京後，瑞紀就一直想去，卻一次都沒去過。春男則跟家人去過幾次。

兩人搭乘地下鐵前往，混在觀光客中逛東京鐵塔。從高處俯瞰東京的高樓大廈，瑞紀在腦中模擬著，萬一那女人出現在這裡，該怎麼後退才能順利逃離。天氣十分晴朗，還有，跟春男一起度過這一天很開心。

兩人在連鎖家庭餐廳待到凌晨十二點，期間那女人都不曾出現。瑞紀和春男不斷與間宮夫婦傳訊息保持聯繫，那女人也沒去找他們。

「這是怎麼回事？」

鈴木春男喝著從飲料吧拿回來的咖啡，一邊打呵欠。

瑞紀攤開筆記本，重新檢視眼睛大得離奇的女人出現的日期。

「規則變了。或許『每三天會出現一次』的推測是錯的。」

「搞不好是詛咒自然消失。這種想法是不是太樂觀？」

「真是那樣就好了……」

瑞紀的內心隱隱不安。事情尚未結束，她有這種感覺。

8

溝呂木在以各地域風俗為題材的著作中，提及石森壬生描述的目隱村喪禮。出版後，他帶著那本熱騰騰的新書去河畔那家老人安養院，打算送給她。

採訪石森壬生耗費很長一段時間。她年歲已高，一次沒辦法講太久，因此她與倉庫裡的女人交流的過程，分好幾次才述說完整。

安養院員工推著坐輪椅的石森壬生過來，明亮的陽光透進落地窗，照亮那雙宛如小女孩的眼睛。一番閒聊後，溝呂木請她繼續講上次那件事。她不記得講到哪裡，溝呂木便開口提示：

「講到倉庫裡的女人告訴妳一個恐怖故事。」

被關在倉庫裡的女人是誰？如果石森壬生的話可信，應該就是祈禱師一族的女兒。

石森壬生說，倉庫裡的女人憎恨目隱村的眾人。

「她說自己原本懷著一個孩子，好像是死胎。」

「是誰的孩子？」

「不知道。」

那女人被關在倉庫時，肚子裡懷著一個孩子，但孩子沒能在出生後發出洪亮的哭聲。由於生下死胎後，石森壬生才接手照顧她，只見她的小腹十分平坦。石森壬生每天送食物過去，照料各種生活所需，慢慢獲得女人的信任，於是她說出往事。

「那是個女嬰。」

石森壬生非常同情女人的遭遇，離開前故意沒鎖上柵欄，方便她隨時逃跑。但不知為何，她一直乖乖待在牢裡。

石森壬生將女人創作的恐怖故事講給許多村民聽。由於村裡少有娛樂活動，故事很快傳開。

「不久後，她偷偷告訴我一件事。」

目隱村就要大難臨頭。

妳快點逃到山麓的村子。

「我問她『大難臨頭』是什麼意思。」

女人說，她向山神祈求了。

她會獻上許多祭品，換取孩子回來。

那一天，石森壬生跟平常一樣去照顧倉庫裡的女人。先去大宅領餐點，再走向倉庫所在的雜木林。穿過注連繩拉出的界線，走進老舊的倉庫，經過各種家具及用品堆積如山的那一區後，她正要朝格狀柵欄裡呼喚，卻看見女人倒在地上，動也不動。死因不清楚。女人像是睡著了，雙眼緊閉，身體已冰涼。

石森壬生趕緊去叫人，通知他們倉庫裡的女人過世了。那些人明明是女人的親戚，聽到消息卻紛紛露出鬆了一口氣的表情。石森壬生一直很同情那女人，不免有股衝動，想向他們提出抗議。但那女人的親戚是住在村子中央的大宅裡，負責在祭祀時向山神誦念祝禱詞的人，石森壬生沒資格反駁。

依目隱村的風俗，他們將那女人的雙手合十擺好，再於左右手的手背上鑽孔，穿過紅線、繫上鈴鐺後，才放入棺桶。遺體在村外的墓地火化，不是在平常舉行祭祀活動的大宅境內的神社。來觀禮的人不多，只有幾個看起來像親戚的人，也沒邀請村民參加。石森壬生藏身在不遠處的茂密草叢裡，悄悄觀望。

「熊熊大火中，鈴鐺響了。」

火焰包圍棺桶，煙霧和火星逐漸飛向空中。此時，鈴、鈴、鈴！響起好幾次劇烈的鈴聲。石森壬生沒聽錯，她遠遠看見來觀禮的人一陣慌張。鈴聲在火焰中持續好一會，才漸漸轉弱，終於聽不見。

倉庫裡的女人過世後，石森壬生又重新開始幫忙夫家的農活，只是也沒持續太久，因為目隱村的居民一個接著一個死去。每隔幾天就會有人過世。每一具遺體的情況都很類似，大家懷疑是一種傳染病。前一天還活蹦亂跳的人，隔天心臟就停止跳動，痛苦得雙眼爆裂。

石森壬生想起女人生前說過的話。

目隱村就要大難臨頭。

或許是女人以自己的性命為代價，招來惡疾。石森壬生決心逃出目隱村，她對丈夫和公婆的感情十分淡薄，因此天還沒亮就獨自前往山麓的村子，也沒帶上任何行李。她迷失方向，花了整整一天才終於走出山裡。由於她跟別人去過幾次山麓的湊玄溫泉，知道大概的方位。

「目隱村一直有人過世，有奇怪的病在擴散。」

石森壬生告訴山麓的居民這件事後，累得昏睡好幾天，過了一陣子才弄清目隱村的狀況。山麓居民將石森壬生的話轉告警方，區公所了解情況後，上報給國家單位。聽說，政府派來陸軍防疫給水部的人。他們趕赴當地調查時，目隱村的村民已全部離世，但並未發現病菌。之後，豪雨導致山崩，往來變得十分困難。

從此，目隱村成為廢村。

「後來，我就在提供住宿的溫泉旅館工作，卻發生一件不可思議的事。」

石森壬生住在旅館旁的另一棟屋子裡，跟幾名員工一起生活，共享一個大房間。某天，在被窩裡熟睡時，那女人出現在她的枕邊。就是被監禁在倉庫裡，應當已死的女人。

「她抱著嬰兒。我馬上發現，是那個夭折的孩子。」

女人把嬰兒放在石森壬生的枕邊。嬰兒身上還連著臍帶，尚未穿衣，小手小腳不斷揮舞。

我把村民當成祭品。

請神明將這個孩子還給我。

女人說完，一臉慈愛地望著嬰兒。

嬰兒的哭聲吵醒石森壬生，大房間裡的其他員工也都揉著雙眼，跟著起身。如同在夢裡所見，石森壬生的枕邊有個嬰兒。剛出生沒多久，臉還是紫紅色的女嬰。臍帶從中間剪斷，正在流血，必須趕緊拿線綁起來止血。那個孩子是真切無比的存在，並不是夢。

起初，眾人懷疑那是投宿客人拋棄的孩子，展開調查。可是，那段期間沒有懷孕的客人，而且好幾件事都透著不尋常。大房間裡有數名同事一起生活，要避開所有人偷偷把嬰兒放在石森壬生的枕邊，簡直難如登天。而且，從臍帶滴落的血跡，只出現在石森壬生的枕邊，其他地方一滴血也沒有，彷彿是憑空出現。

「目隱村曾有死者復生嗎？」

溝呂木想起，當初半開玩笑地提出這個問題，才促使石森壬生提起這件往事。看來復生的死者，應該就是那個嬰兒。至少，石森壬生是如此相信。他無從判斷老婆婆的話有多少是真的，想必摻雜著一些想像出來、經過扭曲的事實吧。

那個嬰兒最後送到孤兒院，不過石森壬生每天都去看她。嬰兒滿三歲後，石森壬生決定領養她，當成親生女兒照顧。那女孩從當地的高中畢業後，與一名擔任教職的男子結婚，後來連孫子都有了。在二戰後沒多久出生的嬰兒，如今應該已五十幾歲，的確是有孫子也不奇怪的年紀。

然而，出現在石森壬生夢中的女人講的話，令人難以釋懷。

我把村民當成祭品——這是什麼意思？

還是，不該探究夢中話語的涵義？

溝呂木滿腹疑惑地結束那天的採訪。

9

放學後，松坂步美走在高中的校園裡。平常這個時間，她都在第二音樂室參加合唱團的練習，不過期末考快到了，最近所有社團都暫停活動。她的朋友近藤雛跟過來，興高采烈地問「春假要去哪裡玩」。她和步美在合唱團都是女高音部。

「妳會不會太心急啦，春假前得先準備考試。」

「要趁早計畫才行。放春假時，想不想一起去東京？」

「東京？不會太遠嗎？」

從步美住的小鎮搭新幹線去東京要花上半天，不是能當日往返的距離。

「我有親戚住在東京，說不定可以借住。我超想去新大久保，拜託啦，陪我。」

雛非常迷韓國男偶像，聽說東京有一個叫新大久保的地方，很多店都會賣韓國偶像的周邊商品，她想去買些心儀偶像的小東西。

「我問一下我爸媽，如果考試有考好，應該沒問題。」

步美心想，升上三年級，明年就要考大學。趁現在還悠閒時，多陪陪雛吧。

「希望能去東京。」

「嗯。太好了，雛，妳終於有點精神了。」

好友最近不時露出陰暗的表情。原本以為是失戀了，似乎不是。「妳有沒有聞到東西腐爛的臭味？」幾天前，她主動說出這句話。最近在課堂上或通學途中，經常突然聞到一股令人作嘔的臭味。不過，聞到臭味的好像只有她一個人，周遭的人全都一副若無其事的神態，她擔心自己的鼻子出了什麼問題。

不光是這樣而已。她擺在房裡的小裝飾品，不知不覺間移動了位置，但家人並未擅自更動擺設。在看喜歡的韓國偶像團體影片那短短幾分鐘裡，明明沒人進出房間，裝飾品的位置卻變了。

說不定是幽靈作祟，雛認真地擔憂起來。

「不久前，我在網路上看到一則恐怖故事。聽說看了那個故事，真的會遭受詛咒……」

步美不太關注網路上的消息，只想著「最近在流行這種東西啊」，沒多問那個恐怖故事在講什麼。她最怕恐怖故事了。

走廊盡頭的圖書館入口出現在眼前，步美打算去圖書館的自修室準備考試，沒想到雛忽然停下腳步，一臉詫異地望著天花板上的日光燈和窗戶。

「怎麼了？」

「剛剛好像變暗了一下。」

「有嗎？我沒注意到。」

雛注視著走廊盡頭，臉色非常難看。

「雛？」

步美叫喚，但雛沒回應。接著，她的唇間發出微弱的聲音：

「那是……」

雛伸手指向前方，可是那裡並沒有什麼奇怪的東西。

「妳看不見嗎？」

雛似乎快哭出來了。步美第一次看到這樣的她，不免一陣慌張。完全搞不清到底發生什麼事，剛才一路上她不是都很開心嗎？

雛一步步後退，步美追上去。

「怎麼了？發生什麼事？」

雛沒回答，一直盯著走廊盡頭，單手扶牆不斷後退。

「小心！」

步美大喊。雛正要退往樓梯。她踩空了，整個人後仰摔下去。一對情侶不巧在樓梯上，雛撞到他們，三人倒在樓梯中間的平台上。

步美停下腳步，低頭望向平台。雛很快爬起，打算離開，一起摔倒的那個男生一把抓住她的手腕。

「喂，妳給我道歉！」

雛試圖揮開對方的手，但他抓得很牢。

「放開我！拜託你，放開我！」

雛不斷懇求。

小情侶中的女生依然坐在平台上，沒站起來，腳似乎扭到了。男生一邊關心女朋友的狀況，一邊緊緊抓住雛不讓她逃走。雛神情驚駭地望著樓梯上方。她的目光就落在步美旁邊，但步美不曉得她看見什麼。

「妳有沒有在聽我講話？」

那個男生站起身，擋住雛的視線。從步美所在的位置，看不到雛。

只聽見雛發出慘叫。女高音的叫聲響徹整棟校舍，結束在一陣破裂聲中。樓梯的平台一片通紅，像是裝滿紅墨的水球爆裂。那對情侶的衣服染成鮮紅色，細碎的肉屑向四面八方飛濺。

那個男生搖搖晃晃地後退，倒在平台上的雛映入步美的視野。她跑下階梯，靠近雛的身體，卻沒勇氣伸出手。很快就有學生和老師聚集過來，圍成一圈。目睹失去雙眼的女學生遺體，現場一片譁然。

×　×　×

矢崎弘離開公司後，一如往常在那家店點了一杯酒。外籍店員以生硬的日語複誦一次他的點單，便走回廚房。每天下班去居酒屋看歷史小說，是矢崎的生活樂趣。他不急著回家，反正老婆和兒子不會等門，早早就吃完晚飯上床睡覺。即使趕在他們還清醒時回家，彼此之間的對話也沒什麼內容。

喝到微醺時，矢崎察覺一道視線。店門口佇立著一個熟悉的身影，是以前的部下市川透。他身軀瘦削，微弓著背，一動也不動。大概是店裡燈光較昏暗，他的臉覆蓋在濃濃的陰影之下，看不清表情。

這不曉得是第幾次了。最近他常出現在矢崎前往的地方。矢崎閉上眼，使勁揉了揉眉間，再望向店門口時，他已不見。

市川透在一年前過世。有匿名者向公司密告，他可能是受不了職場霸凌才自殺。而會在工作上給他壓力的人，正是矢崎。矢崎不認為自身的言行有不妥之處，他不過是把當菜鳥時前輩訓過的話，照本宣科地對部下說一遍。只是市川不太可靠，矢崎的用詞或許更強烈一點。幸好公司相信矢崎，判定他不須為市川的死負責，也相信沒有職場霸凌的情況。

矢崎付錢後，走出店家。深夜的小巷裡，一整排都是餐飲店。朝地下鐵的入口前進時，市川透又出現了，這次是在巷子的暗處。矢崎嘖了一聲，逕自走過，假裝沒看到。

他是從什麼時候開始出現的呢？印象中，是從在居酒屋聽到一個奇特的恐怖故事那一晚開始。那天，矢崎和一同坐在吧檯座位的男子聊了起來，自NHK的晨間連續劇、大河連續劇，一路聊到歷史小說。

後來，男子講了一個從網路上看來的恐怖故事，內容根本莫名其妙，描述有個男人遭到眼睛大得離奇的女人追趕，聽著十分不愉快。他好像說那女人叫SHIRAISAN吧？經過那一晚，亡者的世界彷彿忽然近在身邊。

矢崎刷卡進入車站，跟剛下班的大批上班族一起在月台上等電車。是喝醉的緣故嗎？四周一暗，彷彿視野閃爍了一下。

鈴！他聽見一道鈴聲。

矢崎揉揉眼睛，朝聲音傳來的方向望去，發現對面月台站著一個穿和服的女人，一頭又黑又直的長髮覆蓋著臉，渾身散發出詭異的氣息，不過往來的行人似乎都沒注意到她。

電車進站後，女人的身影就被擋住。矢崎雖然好奇，也只能先上電車。車內擠得水洩不通，矢崎抓住吊環後，又聽見一道鈴聲。

剛才那女人也在電車裡，矢崎在人群之間看見她。方才明明在反方向的月台上，她是怎麼搭上這班車的？矢崎略感不對勁，瞥見覆蓋在黑髮下的那雙大得離奇的眼睛，理智瞬間停擺。那顯然不是人類。矢崎無法接受自己看見的景象，腦袋一片混亂，驚駭莫名。他求助似地朝周圍伸出手，才發現站在自己面前的人是市川透。他惡狠狠地瞪著矢崎。

矢崎放聲大叫，其他乘客冷靜地與他保持距離。在大城市的電車裡，鬼吼鬼叫的醉漢並不罕見。幾秒後，叫聲停歇，取而代之的是奇異的爆裂聲，矢崎的四周鮮血與肉屑橫飛。尖叫與喧嘩聲充斥車內，情況十分混亂，電車在下一站停靠，門一開，所有乘客都衝上月台。空蕩蕩的車廂內，只剩失去雙眼的矢崎遺體倒在地板上。

×××

和田翔真一接到電話就立刻跳上自行車。這是父母為了慶賀他上高中新買的越野車。傍晚的田園地帶黑漆漆的，路燈數量極少，伸手不見五指的幽暗空間彷彿沒有盡頭。他穿過溫室旁的小路，朝成排農家所在的地區前進。兩旁的樹林茂密，細枝錯落交疊，石板路向前延伸。再往前，就是居民尊稱為「宮大人」的神社境內。

「和田！」

騎著越野自行車進去，一道帶著哭腔的聲音叫住他。那是好友坂本順平的聲音。神社裡沒有照明，四周一片漆黑，等眼睛習慣微弱的星光，他才終於看清楚周遭的情況。

「你來啦！」

這次是小西明的聲音。

和田翔真凝神一看，發現神社裡有三個人影。高又瘦削的人影應該是坂本順平，胖胖的人影是小西明。兩人是和田翔真從小學就認識的死黨，上國中後還是每天都玩在一塊。

有問題的是第三個人影。

那傢伙有著女人的輪廓，一頭黑色長髮，身上是舊式和服。她合十的雙手無力似地往身體前方歪斜，垂下一條繫著鈴鐺的細線。

和田翔真看到她的瞬間，一股寒意竄過全身。不知為何，他很確定那絕非普通人類。

有個恐怖故事從幾個星期前就開始瘋傳，是名叫SHIRAISAN的女怪物的故事。據說，如果遇見化為女人形體的怪物SHIRAISAN，還被她逮住，就會雙眼爆裂而死。實際上，眼球爆裂的離奇死亡案接連在日本各地發生，連電視節目也在談論，蔚為話題。

和田翔真、坂本順平、小西明，三人都喜歡蒐集網路上的恐怖故事。偶然發現SHIRAISAN的故事後，三人輪流看完，也知道傳聞看過這個故事，就真的會遭到詛咒，但他們偏不信邪。

連電視上都在介紹有關SHIRAISAN的都市傳說，不過他們否認詛咒的存在，認為可能是社會大眾對於心臟衰竭造成雙眼爆裂的現象感到不安，才會出現這種都市傳說。

「你們沒事吧？」

「和田，你看得見那東西嗎？」

「嗯，看得見。」

和田翔真望著那個女性人影，朝兩人走去。

那女人在黑暗中佇立著，動也不動。那畫面實在很詭異。她的頭髮披垂著，把臉都遮住了。三人約好萬一SHIRAISAN真的出現，就要一起面對。傳聞只要盯著這個怪物，她就不會接近，一旦別開眼，她就會靠近。那麼，大家一起面對她，應該能降低不小心移開目光的風險。

「我運氣好，原本就跟坂本約在這裡碰面。她出現沒多久，坂本就到了。如果只有我一個人，真的撐不下去。」

小西明哭了起來，一邊說明情況。他與坂本順平會合後，一起盯著那女人，同時打手機向和田翔真求救。

三人決定不要輕舉妄動，待在神社裡，目光牢牢鎖在SHIRAISAN身上。夜色越來越深，化為濕黏的觸感貼在皮膚上。即使有誰不小心移開視線，還有其他兩個人盯著她，令人稍稍放心。跟別人待在一起，不要單獨行動，就是應付SHIRAISAN這個怪物的方法吧？

「啊……」

坂本順平發出叫聲。

「有人在我背後！抓住我的腳踝了！」

「是陷阱！不能從那女人的身上移開視線！」

「哇啊！」

這次換成小西明。

「是誰？誰拉我衣服？」

這一瞬間，和田翔真也察覺有人站在身後。

耳朵後方感受到一陣吐息。

有人的嘴巴靠近他的耳朵，悄聲低語：

我回來了。

你好嗎？

我一直很想見你。

欸，讓我看看你的臉。

那是三年前出車禍過世的姊姊的聲音。

欸……

看我這邊啦。

10

風仍透著寒意，但似乎已過最寒冷的時間點。大學開始放春假，山村瑞紀猶豫著不曉得是否該回老家。按照往年的慣例，她會回老家兩週，好好放鬆一下。但今年情況不同，她不敢離開東京。

詛咒還沒解開，目前只是暫時擱置。眼睛大得離奇的女人仍可能出現。她現身時，瑞紀是隻身一人，還是有人陪伴，倖存的機率天差地遠。鈴木春男清楚整件事的來龍去脈，待在他能立刻趕到的地方，會安心許多。如果離開東京回老家，便會失去這一層保障。

自從在湊玄溫泉發生意外，已過一個月左右。這段期間，出現好幾個雙眼爆裂的死者，消息不光在網路上流傳，連電視新聞都開始報導。其中有人是在學校那種人多的地方出事，於是一口氣傳開，引起社會大眾的關注。此外，與SHIRAISAN那個女人有關的都市傳說，也透過社群媒體擴散出去了。

「那些人雙眼爆裂而死，都是SHIRAISAN幹的好事。」
「SHIRAISAN是什麼？」
「傳聞聽完有SHIRAISAN登場的恐怖故事，就會遭到詛咒。SHIRAISAN眞的會來找你。」
「那個故事在講什麼？」
「聽了就會死，沒人知道啊。」

從湊玄溫泉回來後，隔天二月十一日，SHIRAISAN沒出現。以為是每三天出現一次的規則有誤，但並非如此，原來有關SHIRAISAN的恐怖故事不知何時已在社會上傳開，所以那女人才沒出現在瑞紀、春男和間宮夫婦的面前。

名叫SHIRAISAN的女怪物，被社會大眾視為一種都市傳說。或許是伴隨著眼球爆裂的離奇死亡，造成社會上人心惶惶，於是形成容易相信傳言的氛圍。

幸好，光是知道SHIRAISAN這個名字並不會使人受害，只要沒聽過那個恐怖故事，便不至於遭到詛咒。目前只發展到，SHIRAISAN就像裂口女和人面犬那些角色一樣，為社會大眾所知的階段而已。

「聽說就算遇見SHIRAISAN，只要一直盯著，她就不會靠近。」

「聽說有鈴鐺從她雙手垂吊下來。」

「有人說她眼睛超大，像整張臉只有眼睛一樣。」

開始有人將具有詛咒效力的那個恐怖故事稱為「SHIRAISAN怪談」，還有人撰文發表在網路上的匿名討論區。發文的是誰，又是從哪裡得到消息？這些都不清楚，但網路上的「SHIRAISAN怪談」是真的。跟富田詠子告訴瑞紀和春男的內容，雖然有幾個細節不同，整體的故事結構和情節卻是相同的。

「SHIRAISAN怪談」在靈異愛好者間迅速引起話題。看到故事的人，照理應該跟瑞紀和春男一樣，再也無法置身事外。要掌握究竟有多少人遭到詛咒非常困難，雙眼爆裂過世的那些人，想必都是運氣不好，在網路上看了那個故事吧。

幸而「SHIRAISAN怪談」並未像SHIRAISAN這個角色一樣在社會上瘋

傳，大多數人只知其名，沒實際看過那篇故事，受詛咒的人數才沒爆炸性增加。原因在於，瑞紀和春男在背後默默付出不少心力。

「聽說SHIRAISAN是廣告商設計的噱頭。」

「聽說是為了宣傳電影才會散播這種都市傳說。」

瑞紀和春男討論後，在網路上發表一些澆網友冷水、讓人們喪失興趣的資訊。雖然都是杜撰的消息，但畢竟人命關天。

除此之外，他們還編造出各種版本的「SHIRAISAN怪談」。以那個會致人於死地的恐怖故事為基礎，大幅更動背景、出場人物及故事情節，寫出好幾個不同的故事，匿名發表在網路上。裡面都有SHIRAISAN這個角色出現，只是設定上做了各種調整。

「聽說只要扯斷那條線，她就會放人一馬。」

「聽說她會變成巨人，發動攻擊。」

「SHIRAISAN那女人其實是在尋找她媽媽的墳墓。」

他們添加許多原始版本沒有的設定，試圖改造成另一個故事。現下根本沒時間實驗修改「SHIRAISAN怪談」原始故事的幾成，詛咒的效力才不會繼續擴散，只能想出各式各樣的設定，加上原先沒有的情節，讓讀者看不出故事的原型，不斷消費「SHIRAISAN」這個角色。只要不停發表這些粗製濫造的故事，向網友進行疲勞轟炸，總有一天，就算再發表新版的「SHIRAISAN怪談」，社會大眾也會興趣缺缺，不想多看一眼。他們的策略就是要讓不具詛咒效力的無害版本氾濫成災，淹沒真正有害的原始版本。

花點心思搜尋一下，任誰都能輕易找到原版的「SHIRAISAN怪談」。畢竟曾在網路上公開的消息，沒辦法輕易抹去。不過一般人不像靈異愛好者那般癡迷，光是這樣做，就能大幅減低無意間看到具詛咒效力的那篇故事的風險。

「聽說SHIRAISAN是遭受凌虐的女性怨念的化身。」

「可是，我聽說那是很久以前遇害的人所下的詛咒。」

「咦，不是封印多年的怨靈，因為出了一些差錯，被放出來嗎？」

SHIRAISAN為何會出現？為什麼要殺人？他們在不清楚前因後果的情況下，捏造角色設定，杜撰許多版本。那女人的真面目究竟是什麼？過程中，瑞紀回頭思考這一點。為了創作出更多版本，瑞紀和春男針對現代怪談及都市傳說進行研究，並分析故事的結構，思考怎樣的情節才容易吸引大眾。

網路上出現想像出的SHIRAISAN畫像，據說是恐怖漫畫家以瑞紀和春男創作的各種版本為底繪製出來。

「聽說有一把短刀能封印SHIRAISAN。」

「聽說二手書店有提到『SHIRAISAN怪談』的書。」

「聽說最初是一個女生先看到，告訴同學後才傳開。」

三月十日，瑞紀和鈴木春男在新宿碰面。兩人先去咖啡廳閒聊。如果眼睛大得離奇的女人每三天出現一次的規則可信，今天應該會去找某個倒霉鬼。

「聽說間宮先生出院了。」

春男啜飲一口咖啡，說道。那場意外發生後，間宮幸太一直在F縣Y市的醫院休養。由於肋骨斷了好幾根，他有一陣子不能下床，間宮冬美暫離東京，待在那邊照顧他。冬美是個編劇，除了開會以外，在哪裡工作都無妨。

「看來沒去找他們。」

「應該是沒有。要是去了，馬上會收到他們的通知。」

兩人都沒說出主詞。不用說也心知肚明。

瑞紀不曉得該不該慶幸那女人沒去找間宮夫婦。畢竟沒去找他們，可能就是去找在網路上看到「SHIRAISAN怪談」的其他人。

「對了，那件事我已拜託冬美小姐。」

「我們的祕密行動嗎？」

「畢竟我們能力有限。我真的已毫無靈感。職業小說家和編劇到底是怎麼創作故事的啊……」

祕密行動，指的就是杜撰不同版本的「SHIRAISAN怪談」，再匿名發表在網路上。間宮冬美是職業編劇，如果她願意幫忙，兩人應該會輕鬆不少。

「她會答應嗎？這可是無償幫忙。」

「這倒是沒問題，她已答應……冬美小姐似乎覺得自己有責任。」

或許對間宮冬美來說，這等於是在贖罪。「SHIRAISAN怪談」會在網路瘋傳，起因就出在她身上。她工作上的夥伴也有人受害過世。

二月五日晚上，她在電話中聽間宮幸太轉述那個恐怖故事。當時間宮幸太還不相信詛咒的存在，並未要求她保密，造成嚴重的後果。

隔天早上她去開電視劇的劇本會議，隨口向導演和其他編劇說出那個恐怖故事。等間宮幸太明瞭森川俊之的死因，打電話囑咐間宮冬美保密已來不及。在瑞紀等人不知情的時候，東京受詛咒的人越來越多。間宮幸太完全不曉得這件事，因為間宮冬美一直瞞著他，不敢坦承其實已將那個恐怖故事告訴其他人。

二月八日發生那場意外後，趕到F縣Y市醫院的間宮冬美，與瑞紀和春男交談時欲言又止，最後仍選擇沉默。那次恐怕她原本是想坦白洩密的事吧。

咖啡廳裡的客人很多，有人在用筆記型電腦工作，也有一群十幾歲的少女，還有來新宿購物的外國旅客，各種族群都有。這些人當中，或許有人已看過「SHIRAISAN怪談」的原始版本。

「春男，你最近有遭遇什麼靈異現象嗎？」

不知何時，瑞紀開始直接叫他的名字。

「偶爾。有時會忽然聞到腐爛的臭味，或者感到房裡有自己以外的氣息之類的，不過頻率似乎比以前少。」

「我也一樣，次數少很多。早知道就做個紀錄。如果那是SHIRAISAN即將出現的預兆，搞不好調查靈異現象出現的頻率，便能預測SHIRAISAN是否會出現。」

「像緊急地震速報那樣嗎？」

「或許該透過社群軟體呼籲一下。為受到詛咒的人建立一個社群，蒐集他們遇到靈異現象的數據。假設出現頻率變高，代表SHIRAISAN很快會出現，就能緊急召集其他人，一起度過難關。」

「的確，運用社群軟體來應戰是不錯的主意。如果我擔任發起人，瑞紀，妳會幫我嗎？」

「沒問題，只要不影響課業就好。」

想出新的具體應對方案，令人稍稍安心。瑞紀喝了一口咖啡，享受此刻與鈴木春男之間流淌的沉默。回想起來，發生好多事情。親眼目睹好友死去，身陷不得不相信靈異世界真的存在的狀況。跟鈴木春男一起調查離奇死亡事件的前因後果。遇上車禍，為了求援隻身走在山路上，遇見那個非人的怪物。其實，至今瑞紀仍搞不清SHIRAISAN的真面目究竟為何？她為什麼會存在於這個世上，奪取人類的性命？

忽然，瑞紀與鈴木春男的目光對上了。瑞紀的視線恐懼症並未痊癒，但與他面對面相處比以前輕鬆。大概是這一個月來，每隔幾天就會碰面的緣故。治不好不要緊，妳現在這樣也很好。對瑞紀說這句話的人，是香奈。以後每天都要重溫與香奈的回憶，為她的死哀悼。瑞紀下定決心，要好好努力，希望死後能和香奈笑著重逢。

「對了，間宮先生出院後……」

春男再度開口。相較於第一次見面時，他臉上的黑眼圈和疲憊都淡去不少，想必已接受弟弟過世的事實，設法打起精神。

「他似乎計畫下週要去登山。」

「登山？他能去登山了嗎？」

瑞紀驚訝地反問。間宮最近才出院，身體都恢復了嗎？

「話說回來，他幹麼去登山？」

「調查目隱村。」

春男壓低聲音，彷彿剛才說出的是個充滿忌諱的字眼。

「他正在準備各種裝備，打算前往目隱村。由於半途就沒路了，我才會說是登山。其實他曾邀我，並表示會幫我出旅費。」

「你要去嗎？」

「我原本有點心動，但還是拒絕了。」

「在目隱村的舊址，搞不好能找到有關SHIRAISAN真面目的線索。」

「可是，妳不會去吧？」

「嗯，我不會去。」

「那我也要留在東京。」

看來，春男是擔心留下瑞紀一個人不安全才拒絕。每三天一次、SHIRAISAN可能出現的日子，還是兩個人待在一塊比較好。

11

三月十六日，出現了眼球爆裂的死者。過世的是一名住在東海地區的高中男生，據說他在課堂上突然站起來，發出慘叫而死。由於目擊者眾多，這件事當天就透過社群軟體傳開。間宮幸太去看過那男生的Facebook個人頁面，瀏覽上頭的日常生活照。他就讀的高中似乎是升學名校，照片中有他和朋友穿著制服比出「V」字形手勢的身影。

間宮關掉Facebook的頁面，叼著菸準備上山的用具。

剛住院時，連打噴嚏或咳嗽都像是地獄的酷刑。手臂和雙腿上撞傷的瘀青，還有擋風玻璃碎片劃過皮膚留下的傷口都十分嚴重，不過胸口的疼痛凌駕一切。間宮在病床上整整躺了一週，第二週才總算能稍微活動筋骨，只是仍要小心護著肋骨。

那段期間，電視節目開始談論會導致眼球爆裂的神祕心臟衰竭症狀。當時首先浮現腦海的念頭是，這一天終於還是來了。他早就知道冬美把那個恐怖故事洩漏出去了。她是在間宮剛住院時坦白的。她道歉時，臉色非常蒼白。

沒多久，那個恐怖故事在網路上快速擴散。有人把冬美說出去的故事整理成文字。得知有人將眼球爆裂的離奇死亡事件與那個恐怖故事連結在一起時，間宮焦躁到極點。原本想第一個發表有關這一連串離奇死亡的報導，他實在懊惱。

不過，間宮翻遍網路也沒找到有文章談及「SHIRAISAN怪談」的緣由，與目隱村的相關資訊，顯然手中的情報仍有價值。於是住院時，間宮著手撰寫「SHIRAISAN怪談」的專題報導，認為一旦公開發表，證明詛咒與離奇死亡事件確實有關，便會翻轉社會大眾的看法。

這是一舉成名的絕佳機會。為此，間宮想找到有關SHIRAISAN真面目的線索，就算只是暗示其真面目的片段訊息也好，如果能在報導中提出，會大大提升內容的含金量。間宮暗自期盼，去一趟現已廢村的目隱村舊址，能獲得有用的情報。

三月十七日，間宮出發前往目隱村，預定當天來回。他把計畫告訴鈴木春男，邀請春男同行，不過遭到拒絕了。今天和明天就算一個人行動也不會有問題。雖然不確定山村瑞紀歸納出的「SHIRAISAN每三天會出現一次」的規則有多少可信度，但以防萬一，還是遵照這個規則行動比較安全。三月十六日出現過死者，十七日和十八日可能不會再有人出事。

間宮側眼看著溫泉白煙冉冉上升的城鎮風光，開車在縣道上奔馳。這輛車是去車行租的，愛車已報廢。慢慢地，沿途只剩零星的建築物，眼前全是聳立的青山。轉進通往目隱村的道路後，路幅越來越窄，坡度也逐漸變陡。雖然不到萬里無雲那般晴朗，相較於跟鈴木春男和山村瑞紀一起來那次，天空明亮許多，樹林的色彩也顯得更鮮豔。

駛過先前發生意外的彎道時，朝針葉樹林間望去，沒發現像是真央的人影。當初那是錯覺，還是靈異現象？即使到現在，間宮仍無法確定。

開到通往目隱村的道路盡頭，間宮熄火下車，聽見從茂密草木中傳出的蟲鳴。

比對古地圖與現今的地圖，確認目的地的所在方位。看來，通往目隱村的路會一直延伸到山腰。間宮從後車箱拉出背包揹上，背包裡裝有礦泉水、行動糧、雨具及取材用的相機。消失在地圖上的原始路徑，雜草已長到腰際，他必須撥開草叢才有辦法前進。

根據紀錄，二戰結束沒多久，一場傳染病導致目隱村的村民全數死亡。幾十年後又發生山崩，毀了通往村莊的道路。

往昔曾是道路的平坦地面越來越狹窄，終於變成草木叢生的坡面。間宮前進時特別留意是否有凹凸不平的地方。如果只是走路，胸口幾乎不會疼痛，但要是跌倒，骨折的傷恐怕又會痛起來。

走走停停一小時後，他查看地圖及指南針，確定目前的所在位置。只要穿過雜木林，就能走到一塊群山環繞的平坦土地。幾十年的光陰流逝，雜草覆滿四周，但仍依稀可辨別出田埂的痕跡，以前多半是田地。遠處有一幢半毀損的建築物。

終於抵達目隱村。原本以為是山上的一個小村落，沒想到住家的數量相當多。歷經多年的風吹雨打，木造房屋大半皆已倒塌。綠樹和爬牆虎毫不客氣地侵門踏戶，幾乎吞噬了斷垣殘壁。他朝殘破的屋中一看，當時用於日常起居的榻榻米、和服及農機具散落各處。

村子中央有一棟大宅的遺跡，從外觀不難想像，應該是地位崇高的人士的居所。周圍有溝渠環繞，石牆上爬滿植物。建築物外牆看起來是用灰泥漆成，瓦片屋頂在當年想必十分氣派，可惜如今幾乎都已崩落，只剩下幾個地方的柱子和牆壁依然聳立著。那堆瓦礫遠遠看，就像一座與大自然融為一體的小山。

昔日的生活遺跡應該還埋在崩塌的屋頂及牆壁下面，間宮想挖開調查一番。溝呂木弦的著作裡提到，目隱村有祈禱師會舉行調伏儀式，搞不好會找到儀式中使用的道具或書籍。如果能從中發現目隱村過往的儀式與SHIRAISAN有所關聯就太好了。

間宮試著搬開一部分屋瓦和牆壁，卻只看到容器的碎片及滿是泥巴的和服。沒多久，胸口隱隱作痛，間宮不得不停手，坐下休息。烏雲逐漸聚攏，這一帶變得昏暗，冷風從深山的廢村遺址呼嘯而過。

驀地，間宮發現遠方聚著一團霧氣，位置大概落在村子外圍，簡直像是只有那裡籠罩在晨霧中。原本以為霧氣會慢慢被風吹散，但觀察好一陣子，那一帶仍是白茫茫，霧氣始終滯留不散。他心生好奇，決定一探究竟。

間宮走過昔日遺留的道路痕跡。

越靠近白霧聚集之處，未鋪柏油的泥土路上雜草越發稀疏。

最後，甚至出現一條怎麼看都有人定期維護的小路。

半路上有座鳥居，兩側的柱子矗立在樹林間的地上，並拉起注連繩。一穿過鳥居，蟲鳴聲倏然消失，周遭寂靜到像耳朵被摀住。間宮有點遲疑，也許應該回頭比較好，最終還是好奇心獲勝。白霧籠罩的景色中，頭頂上方的樹枝相互交錯延伸。

走沒多久，前面出現一幢頗大的建築物。是土藏。儘管十分老舊，卻不同於其他毀損的建築物，歷經數十載也沒有任何一處崩落。入口是一扇對開的沉重鐵門，沒有上閂，間宮使勁試一拉，門伴隨著傾軋聲開啟。

探頭一看，裡面很昏暗。天花板附近有一個採光用的小開口，透著微弱的光線。入口附近堆著五斗櫃和木箱等雜物。太好了！間宮心想，這下就能找到各種物品，推測出當時村落的生活樣貌。

踏進裡頭，一股線香的氣味飄來。真不可思議，間宮感覺內心像去寺院或神社般平靜。望著入口附近的雜物，間宮注意到深處有個以木製柵欄隔開的空間，柵欄上貼滿數不清的符咒。上面有毛筆繪成的眼睛花紋，還有潦草的陌生文字。

柵欄另一側，有人生活的痕跡。擺著棉被、矮桌、桶子、燭台等物品，似乎曾有人住在這裡。更精準地說，從木製柵欄就能看出，應該有人曾被關在這個牢房。

間宮舉起相機對準各個角落拍照記錄，再撕下幾張柵欄上的符咒收進包包裡，打算帶回去請教對這方面有研究的學者。

木製柵欄有一部分可以開關，門閂和鎖頭都掉在地上。原本待在裡面的究竟是怎樣的人？有沒有活著出去？

鈴！就在間宮暗自思量時，傳來一道鈴聲。

外面有動靜。

間宮趕緊返回土藏的入口，心驚膽顫地往外窺探。

空氣急遽變冷，白霧比先前更加濃厚，放眼望去一片白茫茫，連天空和地面都看不見。他定睛一瞧，有人在霧中行走。起初只是隱約的輪廓，越來越清晰，最後終於能看清對方的模樣。

一個穿和服的女人，微弓著背，身體前傾，合十的雙手無力地下垂，不斷移動。她的手上鑽了個洞，一條線穿過那個洞，尾端繫著鈴鐺。每當鈴鐺晃動，便會發出「鈴」的聲音。長長的黑髮遮住她的臉，從頭髮的縫隙中，可窺見一雙大得離奇的眼睛。

一眼就能明白，「她」極不尋常。光是瞥見，間宮便渾身一僵，彷彿站在足以吞噬一切的深淵邊緣。雖然外貌像個女人，但恐怕不是原來的身體。大概只是那個言語難以形容的怪物，為了跟人類打交道，才暫時用那副姿態行動吧。間宮寒毛直豎，不禁如此猜想。

間宮小心避免發出任何聲音。之前聽說只要一直看著她，她就不會靠近。然而，此刻注視著她，她卻沒停下動作，但也沒有要靠過來攻擊的跡象。她眼裡似乎沒有身在土藏中的間宮，筆直走過，再次前往濃霧的深處。這樣看來，那女人只是不能接近盯著她的獵物，但可以朝獵物以外的方向移動？或許間宮不是這次的獵物，她才沒停下。

間宮鬆了口氣，但那女人剛才走出的濃霧深處，又出現另一個人影。由於完全出乎意料之外，間宮嚇一大跳。那是一個約莫高中生年紀的少年，身上的制服似曾相識。那張臉上沒有眼球，眼窩成了兩個紅黑色的凹洞，鮮血汩汩淌下臉頰。

間宮會覺得那身制服似曾相識，是因為在少年的Facebook個人頁面上看過照片。那張照片中的少年，比著「V」字形手勢。他就是三月十六日在東海地區過世的那個高中生。

理應已死的少年，為什麼會出現在這裡？退一百步來說，一個死者居然在走路，未免太不合常理。間宮思緒紊亂地觀察著，少年垂著頭跟在那女人的後面，經過土藏旁邊，又踏進濃霧深處。

間宮下定決心，抓緊相機，走出土藏。濃霧中，兩人的背影隱約可見，為了避免驚擾到他們，間宮隔著一段距離跟上。

不行，快回去！間宮的腦中警鈴大作，但他實在太想要這個獨家新聞，只要能拍到那女人的照片，報導的價值就會立刻三級跳。

不斷往濃霧深處前行，不知不覺間，周遭已沒有樹木，白茫茫的景色裡，出現無數石燈籠的剪影，每一個都亮著燭火般的光芒。腳下也不再是雜木林中的泥土地，大大小小的圓石覆蓋地面，不禁讓人聯想到河岸。

這裡真的是廢棄村落的外圍嗎？間宮一陣不安。該不會不小心迷失在超脫現實之處了吧？

這時，女人和少年停下腳步。

有幾座石燈籠跟間宮差不多高，他躲在後面觀察情況。

一陣風吹來，白霧逐漸散去，間宮才發現眼前是一片寬廣的水域。水面平靜無波，宛如一面鏡子。看不出究竟是湖、池塘，還是河川，他試著回想目隱村附近的地圖，沒印象有這麼一個水域。

岸上有個碼頭，停著一艘木造的船。船上有十幾個人影，所有人都無力地垂著頭，動也不動。他們全都沒有眼球，眼窩只剩下漆黑的凹洞，不停淌著血。

船上有個間宮認識的青年，是森川俊之。由於他失去雙眼，間宮沒在第一時間認出。不過，那真的是森川俊之。還有加藤香奈、鈴木和人，與富田詠子。方才那女人帶過來的高中男生，從碼頭走上通往船隻的木板，加入隊伍。

受詛咒身亡的死者全聚集在此。把死者帶來這裡，是那女人的職責嗎？花一天帶死者過來，

再花一天去找下一個被害者。

說不定是出於這種理由，才會每三天出現一次，真教人意外。

把他們全帶到船上，是要去哪裡呢？

白霧中浮現一座大山。對面的山高高聳立著，稜線略微模糊，看不太清楚。不過，光是那座山的存在感，已壓得人喘不過氣。一直盯著，就會產生那座山步步近逼的錯覺，以為山快要壓住自己。間宮不禁害怕，盡量避免望

向那座山。

驅策間宮行動的，是一顆追求名利的心。他幾乎要顫抖的雙手舉起相機，按下快門。用望遠鏡頭對準那女人，留下紀錄。拍了幾張船上死者們的照片。就在他將鏡頭轉向岸邊時，對岸的景象忽然隱約浮現。對岸也有一個碼頭，停著一艘船隻。如同這邊有船航向那一頭，那邊也有船可以過來。

對岸的船隻上也坐著人，身影很小，大概是孩童吧？間宮透過望遠鏡頭觀察那艘船，拚命設法對焦，不過霧氣模糊了船上的人影，拍不出細節。間宮走出原本藏身的石燈籠後方，沒注意到自己十分接近岸邊，對焦的手指不住顫抖。他終於看清楚，對岸來的那艘船上是一個女孩。

鈴！他的身邊響起一道鈴聲。

回過神，間宮赫然發現，船上的死者全轉向他。一張張臉上凹陷的窟窿，排成一整列。

他拍得太專心，沒注意到那個眼睛大得離奇的女人，一直站在身後。

鈴！鈴聲響起。

女人伸手碰觸，間宮的心臟驟然停止。

濺。

眼球內部的壓力不斷飆升，水晶體迸出裂痕，炸成細碎的肉屑，四處飛濺。

不過，在那之前間宮就斷氣了。他已不在意自己遺體的情況。

第五章

1

電車的窗外，看得見櫻花樹，正是幾近盛開的時期。瑞紀環顧電車內，有群人帶著孩童，應該是要去賞花。天空萬里無雲，賞櫻勝地想必已擠滿人。

「點心的錢，我出一半。」

瑞紀抓著吊環，對身旁的春男說。他提著伊勢丹百貨的紙袋。與瑞紀碰頭前，他先去買了伴手禮。

「沒關係啦，這是小事。」

瑞紀和春男一同前往間宮冬美的住處。冬美一直待在F縣Y市，幾天前才回到東京。兩人有些擔心，決定去探望她。

間宮幸太失蹤超過兩週。自從他前往已廢村的目隱村遺址，便音訊全無。他租的那輛車被發現停在道路的盡頭，可能是遇上山難。當地的山岳警備隊協助搜索，卻一直沒找到人。冬美也去拜託了民間的山岳救援隊，還出動直升機從上空搜索，卻一無所獲。據說，有幾個搜索隊員去目隱村遺址找過，依舊沒發現間宮的身影。

他是單純遇難，還是碰上跟SHIRAISAN有關的麻煩？如果找到遺體，就能進行判斷。儘管他可能存活，但過了這麼多天，情況實在不樂觀。

相隔數日，今天又出現雙眼爆裂的死者。有些案子會上新聞，有些案子連網路上都找不到資訊。社會大眾並未將這些離奇死亡案件與詛咒連結在一起，僅從現代醫學的觀點來判斷，眼球爆裂不過是心臟衰竭引發的症狀之一，還說那些人在出事前已產生幻覺或幻聽。

兩人下了電車，徒步前往間宮夫婦居住的公寓。這一帶是東京都內屈指可數的熱門住宅區，車站前往來的行人都打扮得十分時髦，連幼童坐的手推車看起來都比較高級。春男點開手機的地圖ＡＰＰ，按照事先問來的住址帶路。

「行道樹綠意盎然，真美。」

「這一區好棒，真想住看看。」

瑞紀和春男並肩走著，一邊閒聊。

在公寓的玄關門口輸入要造訪哪一戶後，對講機傳來冬美的聲音，接著自動門開啟。兩人搭電梯到高樓層，尋找寫著「間宮」的門牌。

按下門鈴後，冬美開門出來。雖然這陣子雙方一直以電子郵件聯繫，但自從二月發生那場車禍，這是第一次見面。

「好久不見。」

冬美說完，略顯緊張地扯出一個僵硬的笑容。見她勉強微笑，瑞紀心裡很難受。她的氣色倒是不錯，可能是化妝的功效。她領著瑞紀和春男到客廳，請兩人坐下。春男遞出用來當伴手禮的點心，她不好意思地收下。

冬美去泡咖啡。在準備的過程中，她有時會步出走廊，到另一個房間查看。

「抱歉，今天親戚託我照顧小孩。小孩待在另一個房間，還滿乖的。」

冬美回客廳後，主動向兩人解釋。如果仔細聽，的確能聽到另一個房間傳來電視聲。她沒說小孩幾歲，是男是女，不過多半是在看卡通影片，年紀應該還很小。

「我實在沒辦法拒絕……」

「哪裡，我們才不好意思，挑這種時候來找妳。」

三人在桌旁面對面談話，一陣閒聊後，才提起間宮幸太。

「如果我和他一起去，可能不會是這樣的結果。」

春男懊惱地向冬美低頭致歉。

「他曾邀我一起去，現在回想起來，不該讓他獨自前往，應該要有伴才行。」

冬美搖搖頭。

「如果你陪他去，可能連你都會遇難，所以請別這麼說。」

客廳一隅的架子上擺著一排相框，其中有小女孩的照片。之前曾聽說間宮夫婦有個女兒，幾年前出車禍過世了。想到冬美承受這麼多苦難，瑞紀不禁一陣心痛。

明明應該是最悲傷的時候，冬美卻依然持續創作出各種不同版本的「SHIRAISAN怪談」。她寫的新篇章會定期匿名發表在網路上，還會不斷調整文風，假裝全出自不同人之手。

冬美告訴兩人間宮入院時的情況，及他失蹤前幾天的行動。他寫的有關「SHIRAISAN怪談」的報導，內容已列印出來，瑞紀和春男輪流閱讀。報導中詳述他住在湊玄溫泉旁的湊壽館期間，進行的各種調查，也提及民俗學家溝呂木弦和目隱村。不過，SHIRAISAN到底是什麼？行文至此，還沒得出結論就中斷了。

既然冬美得照顧親戚的小孩，不要打擾太久比較好。想著差不多該走了，瑞紀站起身，春男卻忽然問冬美：

「對了，聽說妳的老家就在湊玄溫泉附近？」

「對，真的很巧。」

瑞紀不經意地看著架子上的相框，除了間宮夫婦和女兒的照片以外，也有一些老人的照片，應該是親戚吧。

「聽說是從我曾祖母那一代搬遷過去，至於是從哪裡搬遷過去，我就不曉得了。」

有一張看起來是在老人安養院拍的照片。那是泛黃褪色的老舊照片。一位高齡的女士坐在輪椅上，另外兩名女子靠在一旁，約莫是她的女兒和孫女。想必都是冬美的家人，五官十分神似。

「那一帶有很多人姓『間宮』嗎？」

「沒有，『間宮』是我丈夫的姓氏。」

「那妳結婚前姓什麼？」

「我以前姓『石森』。」

瑞紀取下那個相框，注視著輪椅上那位年長的女士。她的雙眼清澈，氣質高雅。瑞紀頗在意，總覺得似曾相識，一時卻想不起來。

「我們差不多該回去嘍。」

「好。」

春男朝玄關走去。瑞紀把相框擺回原位，跟著走出客廳。

走廊上還有其他房間，房門略微開著。瑞紀不經意地瞥了眼房內，一個小女孩背對房門在看電視，大概就是冬美親戚的小孩吧？冬美像要擋住瑞紀的視線，輕輕關上房門。

兩人穿好鞋子，在門口點頭致意，向冬美道別。搭電梯回到一樓，踏出公寓，往車站走去。途中有個平交道，瑞紀和鈴木春男走近後，遮斷桿伴隨著框啷框啷聲慢慢下降。兩人停下腳步等電車通過，不自覺地盯著閃爍紅光的警示燈。電車發出轟隆巨響，沿著鐵路接近。

瑞紀忽然想起在哪裡見過照片中的老婆婆了。

二月八日，在山上遇見眼睛大得離奇的女人時，瑞紀昏了過去。在醫院醒來前，她作了一個夢。夢裡，瑞紀待在一個昏暗的場所，而木製柵欄的另一側，有個女人跪坐著，跟照片裡的老婆婆長得很像。雖然夢裡的女人十分年輕，不過五官輪廓都跟照片裡的老婆婆極為神似。

只是，那畢竟是夢，瑞紀的記憶有點模糊。

電車通過眼前，又迅速遠去。

遮斷桿彷彿一切都不曾發生似地慢慢上升，頂端指向藍天。

等在平交道前的人們魚貫向前。

「瑞紀，怎麼了？」

見瑞紀怔怔站在原地，春男疑惑地問。

瑞紀搖搖頭。

「沒事，走吧。」

她決定把這件事拋到腦後，於是邁出腳步，跟春男一起穿越平交道。

2

溝呂木來到河邊的老人安養院後，笑容沉穩的石森壬生坐在輪椅上被推了過來。那一天，推輪椅的不是安養院員工，而是一名三十五歲左右的美麗女子，石森壬生說那是她的孫女。

「外婆受您照顧了。」

那名女子深深一鞠躬。她說剛好來安養院看外婆，便代替安養院員工陪著來了。溝呂木也向她行一禮。

溝呂木與石森壬生交談時，她就坐在稍遠處看書。那一天，石森壬生講到目隱村下聘和結婚的儀式。訪談進行大約一小時後，石森壬生面露疲色，談話便暫告一段落。

「謝謝，後續的內容下次再請教您。」

道別後，溝呂木準備離開老人安養院時，有人從背後叫住他。石森壬生的孫女跑過來，從皮包裡掏出一個紫色布包。

「溝呂木先生，外婆要我拿這個東西給您。」

他接過布包，打開一看，是摺疊的泛黃紙張，上頭有著潦草的毛筆字跡。

「外婆交代我後，我就在家裡找到這張紙。我看不懂上頭寫些什麼，不過好像是外婆以前離家時帶出來的。」

溝呂木心裡有數。

應該是倉庫裡的女人寫的恐怖故事吧？某人走在山路上，忽然遭到一個女人追趕。由於石森壬生記不住登場的女人名字，倉庫裡的女人寫成一篇文章交給她，沒想到正本居然保留到今天。

「太感謝了，這是非常珍貴的紀錄。」

「不客氣，我也很感謝您。聽外婆編的那些故事，應該滿辛苦的吧？」

「編故事？」

「就是我媽媽的故事啊。外婆不是告訴過您，她在旅館工作時，有人把嬰兒放在枕頭旁邊嗎？」

「沒錯，她是這樣說的。」

「那是她編的。」

對方的神情略顯困擾。

「二次世界大戰後，外婆搬到湊玄溫泉時，肚子裡已懷著我媽媽。」

「噢，是這樣嗎？」

溝呂木苦笑。孫女說生產時，還是請產婆在那旅館的大房間裡接生的。石森壬生是想開玩笑，才編出這個故事嗎？抑或是年紀大了，不小心把錯誤的記憶當成事實？這一點無從得知。

話說回來，石森壬生和孫女的容貌十分相似，肯定有血緣關係。如果她扶養長大的，是別人放在枕邊的嬰兒，不可能這麼像吧？

「那麼，這也是虛構的嗎？」

溝呂木再次望向孫女拿來的老舊紙張，以及上面寫的故事。

「上面寫了什麼？我看不懂，但那是外婆的筆跡。」

溝呂木陷入混亂。按照石森壬生的說法，寫下這個故事的，是住在倉庫裡的女人。不過，她的孫女現在又說，這些毛筆字是出自石森壬生本人之手。

搞不懂是怎麼回事。

溝呂木先拋開這些疑惑，向孫女道過謝，便離開老人安養院。

溝呂木回家後，妻子泡好茶端過來。他在書房喝著茶，一邊將石森壬生孫女給的那張紙攤開。不管是誰寫的，紙張確實已有些年代，不可能是最近才偽造，應該不是故意準備來騙他。

毛筆字寫下的內容，跟石森壬生之前敘述的一樣。就是一個男人走在山路上，忽然遇見眼睛大得離奇的女人。溝呂木知道這一帶的一些傳說與民間故事，卻想不出有這種類型。不過有件事引起他的注意，伴隨鈴聲出現的那個女人的名字。

用毛筆字寫著，死來山。

應該可以念成SHIRAISAN吧？

目隱村信仰山神。故事裡出現的女人，可能屬於山神一族。實在沒聽過「死來山」這個名稱，想必並未正式列名登錄，也許是目隱村居民對周遭群山的敬稱？

寫下這個故事的，是倉庫裡的女人，還是石森壬生？

搞不好，其實根本沒有倉庫裡的女人，一切全是石森壬生憑空想像出來的。她應該真的居住過目隱村。在那裡生活時，她把恐怖故事寫在紙張上，直到最近才想起還收藏在家裡，便拿出來當佐證？既然倉庫裡的女人不存在，那個嬰兒當然就是她的孩子。她與留在目隱村的丈夫生的孩子。

還有其他可能性嗎？

倒也不是沒有。

另一種個可能的情況是，名叫石森壬生的女性並不存在，老人安養院裡的老婆婆，就是倉庫裡的那個女人。

那個女人其實並未死在倉庫中，而是設法逃了出來。一路逃往山麓，假借「石森壬生」這個名字在旅館工作，一直活到今天。

她決心隱瞞祈禱師末代子孫的身分，過著與普通人無異的生活。

當然，根本不可能有這種事。

溝呂木對自己的想像一笑置之。

傍晚，溝呂木決定出門散步。

透過山腳幢幢民房的間隙，可望見溫泉鄉的景致。

在夕陽的照射下，迷濛的水蒸氣閃閃發光，十分美麗。

為什麼會取名為「湊玄溫泉」？不管他怎麼查，都查不出來。尤其是居然用了「湊」這個字，值得好好推敲一番。這個漢字含有「碼頭」的意思，不過這附近根本沒有可能建造碼頭的水域。

有個小男生追著紅蜻蜓，似乎是渡邊家的孩子，他應該還有一個哥哥。兩兄弟常來溝呂木家玩，妻子每次都會端點心和果汁招待他們。溝呂木沒有子女，夫妻倆十分歡迎鄰居小朋友來作客。

那個小男生看到溝呂木，跑過來熟稔地打招呼。

兩人並排坐在能夠俯瞰溫泉鄉的山丘上，隨口閒聊。

小男生剛滿九歲，目前就讀小學三年級。

「你在學校都跟同學聊些什麼？」

「漫畫、講老師壞話，還有恐怖故事。不過幾乎都是聽過的故事，很無聊。」

聽到小男生發牢騷，溝呂木忽然想起方才在書房裡讀到的恐怖故事。

「我知道一個大家都沒聽過的恐怖故事，你想聽嗎？」

溝呂木詢問後，少年雙眼發亮地點點頭。

在豔紅的天空下，溝呂木舉起食指。

手指化為故事裡的人物，左右晃動，假裝正走在蜿蜒的山路上。

那根手指的陰影頻頻晃過小男生的臉龐，恐怖故事揭開序幕了。

解說　Waiting

寫小說也拍電影的乙一，以及既往前召喚，也向後探索的《白井小姐》

（本文涉及關鍵情節，未讀正文者請慎入）

對暢銷作家來說，筆下的小說被改編為影劇版本，如今已是極為普遍的事。其中有的作家還會親自改編劇本，使故事在轉譯成另一種表現媒介時，可以盡量維持原本的樣貌。

相對於此，兼顧小說與劇本之際，甚至親自下海執導的知名作家，則罕見許多。如今，這份名單上，除了史蒂芬·金與麥克·克萊頓可能是大家比較熟悉的創作者以外，由於小說《白井小姐》與電影《怨鈴》的問世，你還可以在這份名單上添加同一人的兩個名字——

乙一，以及他的本名安達寬高。

雖然乙一以小說聞名，卻對影劇方面一直有著高度的興趣，連他的寫作技巧也受到不少影響。剛成為作家時，他便將在一本名為《劇本入門》（シナリオ入門）的雜誌特刊中學到的撰寫劇本的技巧，運用在小說創作上。

事實上，早在大學時期，乙一已開始拍攝一些獨立電影。到了二〇〇七年，他與作家櫻井亞美合作，兩人各自執導一部大約半小時的短片，結合成名為《東京小說：乙櫻學園祭》的兩段式電影，並於兩年後再度推出續作《天體小說：乙櫻學園祭2》。

就在《天體小說：乙櫻學園祭2》推出的同年，他首度參與電影長片的編劇工作，在動畫片《棄寶之島：遙與魔法鏡》中，與導演佐藤信介合力撰寫劇本。二〇一七年，他將觸角拓展至電視劇領域，參與經典特攝劇系列《超人力霸王捷德》與《超人力霸王羅布》的編劇工作，在創作題材及載體上，再度跨出了出人意表的一步。

這種跨足小說及影劇間的創作嘗試，到了小說《白井小姐》與電影《怨鈴》時，則又成為另一座里程碑，讓人總算看到身為作家的乙一與導演的安達寬高，究竟會如何利用兩種不同的媒介，向讀者及觀眾述說看似相同的一則故事。

雖然在台灣，電影《怨鈴》的上映時間比小說《白井小姐》上市足足早了一年多，但在日本當地，則是《白井小姐》先於二〇一九年十一月問世，接著《怨鈴》才於二〇二〇年一月上映。

不過，要是問我的意見，個人覺得在台灣推出的狀況，或許才是更適合觀賞兩者的順序。

基本上，《怨鈴》是一部稍嫌平凡的恐怖片，雖然有著都市傳說融合民俗學的有趣元素，卻過度留白，完整性顯得不足，最終也並未針對有趣的故事前提做出妥善發揮，給人一種頭重腳輕，不禁懷疑是想把一切留到續集才交代的不完整感。

相對於此，後半段情節與電影頗為不同的《白井小姐》，則為這則故事提供了更清晰的構圖，還在最後多出了電影沒有的翻轉，為整體帶來更多觀賞樂趣，就算情節同樣有所留白，卻掌握得更加精準。在提供了足夠線索的情況下，讀者可以透過自行思索的方式，補足乙一並未直接提及的重要環節。成功透過巧妙的拿捏，讓小說在最後留下屬於人性陰暗面的另外一層恐怖，也使得罪惡感、悔恨，乃至理應是良善的「愛」等複雜情感，化身為故事中的恐懼核心，也讓《白井小姐》在角色塑造及恐怖氣息上頭，都比《怨鈴》有著豐富許多的層次感。

此外，《白井小姐》在都市傳說的元素上表現得更為有趣。除了針對都市傳說會在不斷傳播的過程中，產生各種變體的情況有所描述，甚至強調出當今這個時代的特質。正如同鈴木光司的《七夜怪談》透過錄影帶這項物品，將詛咒信元素改寫為符合創作當代的科技發展，乙一透過《白井小姐》這部小說，從網路時代的角度來切入都市傳說的題材，不僅在詛咒的傳染性質方面與《七夜怪談》有所呼應，還既向前也向後地，朝兩個方向來試圖結合不同的恐怖元素。

就向前的角度來說，《白井小姐》透過民俗學元素，召喚出古典妖異的恐怖效果，情況有點類似三津田信三的「刀城言耶」系列。至於向後的部分，則是如同前述，把社群網站及網路討論區這些元素融入其中，除了針對這一點設計屬於現代的詛咒傳染途徑以外，還像《七夜怪談》曾一度引發如何躲避貞子詛咒的討論那般，乙一搶先在讀者之前，讓書中角色針對網路這樣的傳染途徑，探索出相當程度的解決之道，也讓《白井小姐》在這方面，不僅是單純的恐怖小說，甚至是一部討論恐怖元素如何與當代生活相互連結的作品，喜愛恐怖文類的人自然能從中獲得更多樂趣。

至於在故事結構上，比起具有推理小說性質，故事推展主線以調查事件緣由，藉此找尋解決之道的《七夜怪談》，《白井小姐》也展現出了乙一的創作特質。雖然故事同樣有主角們追查源頭的情節，但在《白井小姐》中，這些部分比較像是點綴，就算確實協助了主角們找到可以暫時度過危機的方式，從事件全貌來看，卻並未發揮決定性的作用，反倒是在故事外頭的讀者，才能透過不同角色的觀點，於小說結局取得最後一塊拼圖，兜起一切的前因後果，察覺那些表面下的陰暗轉折。

如果沒看過電影《怨鈴》，那麼《白井小姐》勢必是喜愛恐怖小說的你不容錯過的有趣之作，在看似典型的路線中，於故事後段綻放出屬於乙一的恐怖新意，不管是情節發展或類型討論，都有著值得玩味的獨特之處。要是你已看過《怨鈴》，那麼無論喜歡與否，你對《白井小姐》的感覺或許都會與我一樣，由於後段的不同發展，找到比電影版還要多出許多的觀賞樂趣。

如果真要問我，身為作家的乙一，以及身為導演的安達寬高，我顯然更喜歡乙一的作品一些。但平心而論，這種小說與電影均出自同一人之手的情況實在頗為罕見，若能兩者都看，自然會有獨特的對比樂趣。

在這種情況下，我們會發現乙一作品中那種總有些逸出現實的幻想氣息，確實更適合以文字傳達，藉由每個人不同的想像力，在各自的腦海裡塑造成形。要是以明確的視覺呈現這些故事，反倒會使一切就此確定下來，失去那股捉摸不定的迷人氣息。

當然，從另一個角度來看，這也可能是《怨鈴》僅為他的電影長片處女作之故。事實上，在《怨鈴》之後，他為改編經典漫畫的日劇《恐怖新聞》撰寫了全劇大綱，而這部日劇的導演，正是執導《七夜怪談》的中田秀夫。

這次的合作，會對他日後的恐怖電影創作帶來什麼影響？有一天，他會再度帶來同一則故事的小說及電影版本，並且充分發揮出不同媒介的魅力嗎？

對於乙一這樣的創作者，以上這些問題的答案，無論如何都還是會令人心懷期待，不是嗎？

本文作者介紹

Waiting，本名劉韋廷，曾獲某文學獎，譯有某些小說，曾為某流行媒體總編輯，近日常以「出前一廷」之名於部分媒體撰寫電影相關文章。個人FB粉絲頁：史蒂芬金銀銅鐵席格。

乙一

Otsu
Ichi
作品集

08

白井小姐

原著書名＝小說シライサン
原出版者＝KADOKAWA CORPORATION
作者＝乙一
翻譯＝徐欣怡
責任編輯＝陳盈竹
行銷業務部＝徐慧芬、陳紫晴
編輯總監＝劉麗眞
總經理＝陳逸瑛
發行人＝凃玉雲
出版＝獨步文化
城邦文化事業股份有限公司
104台北市中山區民生東路二段141號5樓
電話：(02) 2500-7696　傳眞：(02) 2500-1967
發行＝英屬蓋曼群島商家庭傳媒股份有限公司城邦分公司
104 台北市中山區民生東路二段141號2樓
讀者服務專線：(02) 2500-7718；2500-7719
24小時傳眞服務：(02) 2500-1900：2500-1991
服務時間：週一至週五上午 09:30-12:00；下午 13:30-17:00
讀者服務信箱E-mail / service@readingclub.com.tw
劃撥帳號＝19863813
戶名＝書蟲股份有限公司
香港發行所＝城邦（香港）出版集團有限公司
香港灣仔駱克道193號東超商業中心1樓
電話：(852) 2508-6231　傳眞：(852) 2578-9337
E-mail / hkcite@biznetvigator.com
馬新發行所＝城邦（馬新）出版集團
Cite (M) Sdn Bhd
41, Jalan Radin Anum, Bandar Baru Sri Petaling,
57000 Kuala Lumpur, Malaysia.
Tel: (603) 90578822　Fax:(603) 90576622
email:cite@cite.com.my

封面繪圖＝丁安品
封面設計＝高偉哲
排版＝游淑萍
印刷＝中原造像股份有限公司

□2021年7月初版
□2023年10月5日初版七刷
售價 / 399 元
Printed in Taiwan

國家圖書館出版品預行編目資料

白井小姐 / 乙一著；徐欣怡譯. -- 初版. -- 臺北市：獨步文化, 城邦文化出版：家庭傳媒城邦分公司發行，民 110
面；　公分. --（乙一作品集；8）
譯自：小說シライサン
ISBN 978-986-5580-73-5（平裝）
ISBN 9789865580742（EPUB）

　ISBN 978-986-5580-73-5